Renate & Uwe H. Sültz

Bücher von A bis Z

In Kooperation mit Kommissar H. Schemberg.

SONDERDEZERNAT SD1

Kommissar Wolfgang E. Burkhardt räumt auf!

Kurzgeschichten & Kriminalromane von Renate & Uwe H. Sültz

BoD – Books on Demand

Norderstedt, Germany 2019

Bibliografische Information durch die Deutsche Nationalbibliothek

Die Deutsche Nationalbibliothek verzeichnet diese Publikation in der Deutschen Nationalbibliografie; detaillierte bibliografische Daten sind im Internet über http://dnb.dnb.de abrufbar.

© 2019 Renate Sültz & Uwe H. Sültz

Herstellung und Verlag: BoD – Books on Demand, Norderstedt, Germany

ISBN 9-78375-0-40093-1

Inhalt:

Infos:

Eine Version als Hörbuch auf Compact Cassette ist leider nicht erhältlich!

Lust auf andere Städte und Länder?

www.kostenlose-fotos.eu

Wie immer wirkte Kommissar H. Schemberg mit!

TATORT NRW
Heute:
SONDERDEZERNAT
WERNE BERGKAMEN/RÜNTHE LÜNEN
WBL 2020

Ein Schickimicki-Mord

Im noblen Stadtteil Loschwitz in Dresden ist in der Schickimicki-Szene ein reicher Mann, Herbert Müller, 53 Jahre, um die Ecke gebracht worden. Nicht weit vom Tatort fand Kommissar Burkhardt, eigentlich Erster Polizeihauptkommissar, aber Kommissar reicht ihm, sonst vergeht zu viel kostbare Lebenszeit (Zitat Wolfgang E. Burkhardt), eine Brieftasche eines jungen Mannes. Bei der Vernehmung auf der Polizeiwache in der Schießgasse, verstrickte sich der 25 Jährige in Widersprüche und wurde so zum Verdächtigen. Zwei Stunden später knickte der Verdächtige ein und wurde zum Täter. Die Akte Mord DD3B2019, Sonderdezernat SD1, konnte schnell geschlossen werden.

„Na ja, wer Schussknecht heißt, ist ja eigentlich schon bestraft genug, jetzt bringt er auch noch jemanden um!", sagte Kommissar Wolfgang E. Burkhardt. „Schussknecht?", fragte Kommissar Hans Brückl. „Da hatte ich einmal einen Fall, das muss bestimmt 25 Jahre her sein. Der Fall wurde nie gelöst. Mich erinnert aber der seltsame Name daran. … Lasst es euch schmecken. Heute hat sich der Koch Hubert mal Mühe gegeben." Burkhardt darauf: „Stimmt! Aber was kann Hubert bei Semmelknödeln schon falsch machen?" Alle grinsten sich an und stimmten zu.

Tage später liefen sich die beiden Kommissare wieder über den Weg. „Hast' den Fall Schussknecht schon abgeschlossen, Herr Kollege?", fragte Brückl. „Ist erledigt, ging ja alles fix!", sagte Burkhardt. „Komm' morgen trotzdem einmal in mein Büro, wir gehen die Akten von vor 25 Jahren durch.", so Brückl. Beide saßen mit einem Wurstbrot am Schreibtisch und studierten die alten Akten. Es war am 15. August 1995, als man in der Dresdner Heide eine tote Frau fand. Es lag ein Abschiedsbrief neben ihr, aber auch ein Weidenkorb mit einem Neugeborenen darin. Die Frau hieß Anna Schussknecht.

Es deutete wirklich alles auf Selbstmord hin. Der Vater des kleinen Franzl konnte nie ermittelt werden. Man stellte lediglich fest, dass die Tote zu einem Trio gehörte, die Einbrüche verübte.

Ihre Fingerabdrücke fand man in den Wohnungen der Geschädigten. Mindestens zwei Männer waren noch beteiligt. Diese wurden aber nie gefasst. „Hier ist noch eine Liste der gestohlenen Objekte.", sagte Brückl. „Ist das Haus des Ermordeten Herbert Müller schon freigegeben?" „Nein, lasse es uns noch einmal aufsuchen", sagte Burkhardt und hatte eine Vermutung. Beide fuhren zur Wohnung des Ermordeten und begannen mit der Durchsuchung. „Was vermutest du, Herr Kollege?", fragte Brückl. „Das wird alles kein Zufall sein, schau' dir mal dieses Ölgemälde an.", so Burkhardt. „Tatsächlich, es steht auf der Liste!", sagte Brückl erstaunt. Beide durchsuchten das Haus in der Schickimicki-Szene nun genauer, stellten alles auf den Kopf. Sie wurden fündig. Ebenfalls fanden sie ein Testament. Als Erben waren zwei Männer eingesetzt: Franz Schussknecht, also der ehemalige kleine gefundene Franzl, und Karl Huber.

Am nächsten Tag aktivierten die Kommissare das Sonderdezernat SD1. Zwei Kollegen observierten den Verdächtigen Huber, 62 Jahre alt, in der Bahnhofstraße. Zwei weitere Kollegen und Kolleginnen suchten die noch lebenden Geschädigten der Einbruchserie auf. Auch die Versicherungen wurden informiert. „Der Durchsuchungsbefehl für Huber liegt vor!", rief Kommissar Burkhardt in die Runde. „Dann fahren wir gleich los!", freute sich Brückl. „Vielleicht wird mein Fall nun nach fünfundzwanzig Jahren gelöst!" In der Wohnung des Verdächtigen Huber fanden die Beamten tatsächlich weitere Funde der damaligen Räuberei. Auch hier lag im Schreibtisch ein Testament mit folgenden eingesetzten Namen: Franz Schussknecht und Herbert Müller, in der Schickimicki-Szene bekannt als Gold-Herbie. Karl Huber wurde festgenommen. Er schrie nur: „Der Schussknecht war's! Ich bin unschuldig!" „Herr Kollege, der Franz Schussknecht muss doch ein Motiv gehabt haben? Er ist als Erbe eingesetzt, nun fliegt alles auf. Da stimmt doch etwas nicht", sagte Brückl.

Die Kommissare stellten Huber und Schussknecht gegenüber. Sie ließen beide erst unbeaufsichtigt, aber das Mikrofon war eingestellt, rein zufällig.

„Sag nichts, Franzl, ich erkläre dir alles später", flehte Huber. „Aber ich habe doch das Richtige getan!", entgegnete Franzl Schussknecht. „Er hat doch meine Mutter getötet." Nach langen Verhören stellte sich heraus, dass Anna Schussknecht reinen Tisch machen wollte. Nachdem Franzl auf die Welt kam, gab es nur noch eines für sie, Familiengründung und die erbeuteten Sachen zurückzugeben. Dabei wusste sie nicht, wer genau der Vater von Franzl war, Herbert Müller oder Karl Huber. Die beiden Männer wussten es auch nicht. Nur durch einen dummen Zufall erfuhr Franz Schussknecht, dass es sich nicht um Selbstmord, sondern um Mord gehandelt hatte. Im Rausch des Alkohols sagte Huber: „Ich habe deine Mutter geliebt, aber Herbert brachte sie einfach um, als sie reinen Tisch machen wollte." Beide gestanden ihre Taten. Eine Analyse ergab, dass Franz der Sohn von Herbert Müller war. Das war Franz Schussknecht aber völlig egal … verständlicher Weise.

Sylt - Mord unter Deck?

Schweißgebadet wachte Kriminalhauptkommissar Jens Petersen um 7 Uhr auf. „Ulla!", schrie er, „ich habe verschlafen, heute kommt doch der Gastkommissar aus Dresden! Wie hieß er noch gleich? Ich glaube Wolfgang Burkhardt!" Jedoch waren seine Frau Ulla und Tochter Roberta auf Mallorca. „Was wollen die beiden auf Mallorca? Sylt ist die schönste Insel.", grummelte Petersen. Es war ein Gewinn für zwei Personen. Sieben Tage Malle mit allem Drum und Dran.

„Moin!", rief Petersen in die Runde auf der Wache in Westerland. „Schlecht geschlafen, Herr Kollege?", fragte Kommissar Friedrichsen. „Ach, Ulla ist im Urlaub. Ich habe von einem Mord in List geträumt und dachte, ich hätte verschlafen.", so Petersen. „Hier ist doch sowieso nichts los.", sagte Praktikant Hannes Hansen kleinlaut. „Irrtum, Herr Oberkommissar in Wartestellung! Nicht in List ist etwas los, sondern in Munkmarsch. Meine Herren, ab zum Einsatzort! Ich darf euch noch Kommissar Wolfgang E. Burkhardt vorstellen, Kripo Dresden. ", entgegnete Friedrichsen. Im Hafen von Munkmarsch angekommen, zeigte Kellner Sörensen vom Restaurant Zur Mühle auf die Motoryacht „Anna Nass". Der Gast wollte bereits vor dem gestrigen Sturm im Hafen anlegen, nun liegt er bei Ebbe und Flut im Watt. Die Yacht war leicht gekippt und lag nun trocken. „Wie kommen wir nun zu diesem Schiff?", fragte Praktikant Hansen. „Na zu Fuß, Hannes, außerdem ist das kein Schiff sondern eine Yacht. Nun hole die Gummistiefel aus dem Auto.", ordnete Kriminalhauptkommissar Jens Petersen an. „Ich habe auch die Leiter mitgebracht!", rief Hannes Hansen stolz. „Aus dir wird noch ein echter Oberkommissar … nach der Wartestellung.", lachte Petersen. Petersen, Hansen und Burkhardt stiegen auf die Yacht. Auf der Yacht wartete jedoch eine Überraschung. Sie fanden den leblosen Körper von Dirk van Bertram, sein Kopf schwamm in einer Blutlache. Der Tote lag auf dem Bauch. Die Untersuchung begann.

„Vergiss die Handschuhe nicht, Hannes!", rief der erfahrene Kommissar Petersen seinem Praktikanten zu. Kommissar Burkhardt hingegen griff in seine Tasche und sagte: „Habe ich immer dabei! Man kann ja nie wissen." „Hier liegt eine Brieftasche. Der Name des Toten ist Dirk van Bertram. Seltsam, 2500 Euro sind im Scheinfach. Wollte die der Mörder etwa nicht?", wunderte sich Hannes Hansen. „Steck' sie mir heimlich in die Tasche.", flachste Burkhardt. „Es muss ja kein Mord sein, Hannes.", entgegnete Petersen. „Er wird sich doch nicht selbst einen auf die Mütze gegeben haben?", sagte der Praktikant. „Apropos Mütze, eine Kapitänsmütze lag auf dem Deck", so Kommissar Burkhardt. Petersen rief Dr. Knudsen in Keitum an, um den Toten untersuchen zu lassen. Nach zwei Stunden hatten alle die Yacht auf den Kopf gestellt. Nichts Auffälliges konnten sie finden. „Hannes, hole den Dok aus Keitum ab, er ist jetzt in seiner Praxis", sagte Petersen. „Chef, die Flut ist gekommen. Soll ich das kleine Schiff nehmen?", fragte Hannes Hansen. „Das ist ein Boot, du Tütkopp, ein Schlauchboot mit Motor!", rief Petersen. „Spaß, Chef, war doch nur Spaß!"

„Moin, Jens. Was kann ich für dich tun?", fragte Dr. Knudsen. „Ach, ich sehe es schon." Dr. Knudsen drehte den Toten auf den Rücken. „Hier ist ja noch eine Brieftasche zu finden!", rief Hannes Hansen. „Ja, da schau an. Na, der Fall wird wohl sehr einfach zu lösen sein. Herbert Hövel gehört die Brieftasche. Ausweis, Führerschein und 200 Euro sind darin", freute sich Kriminalhauptkommissar Petersen. „War es ein Unfall oder ein Mord, Dok?", fragte Burkhardt aus Dresden. „Es war ein Schlag auf die Schläfe, sucht nach entsprechenden Gegenständen", so der Doktor. „Tja, da haben wir viele Möglichkeiten. Hier liegen Sektflaschen, schwere Bierkrüge, Werkzeuge und sogar ein Toaster herum.", der Kommissar fuhr sich durch die Haare. „Es kann ein Unfall gewesen sein, verdächtig ist die zweite Brieftasche.", so Petersen weiter. Zurück in der Wache schrieb Kriminalhauptkommissar Jens Petersen seinen Bericht. „… es wurde eine weitere Brieftasche gefunden, mit Ausweispapieren von Herrn Herbert Hövel.", murmelte Petersen.

„Herbert Hövel?", fragte Kommissar Friedrichsen, der gegenüber saß. „Den haben wir vor zwei Stunden aus einer Bar abgeholt. Er konnte die Zeche nicht bezahlen.", so Friedrichsen weiter. „Dann haben wir ein Problem. Vielleicht war es doch ein Unfall?", überlegte Burghardt. Petersen stimmte zu.

Nachfolgende Recherchen ergaben, dass sich Herbert Hövel und Dirk van Bertram gut kannten. Dirk van Bertram war Diamantenhändler und Herbert Hövel Kurier. Herbert Hövel gab an, nachts noch vor dem Sturm eine Tour durch die Whisky-Meile unternommen zu haben. Nach dem Abendessen in Munkmarsch steckte van Bertram wohl aus Versehen Hövels Brieftasche ein. Hövel konnte seine Aussage belegen und wurde frei gelassen. „Nun, dann wird van Bertram durch den heftigen Seegang im Sturm gestürzt sein. So hat er sich dann wohl die Kopfwunde zugezogen.", vermutete Jens Petersen. „Das ist ja wieder ein langweiliger Fall.", murmelte Praktikant Hannes Hansen. „Auf keinem der Gegenstände sind Spuren zu finden.", sagte der Doktor, der seinen Bericht abgeben wollte. „Aber von so vielen Flaschen Rum und Champagner bin ich ganz besurpen, nehmt bloß keine Blutprobe bei mir!", lachte er. „Wenn sie wieder nüchtern sind, dann sagen sie, ob Ihnen sonst nichts aufgefallen ist.", sagte Friedrichsen. „Wenn sie so fragen, eine Gürtelschlaufe ist gerissen. Aber das wird wohl nicht wichtig sein, obwohl, es ist eine Qualitätshose von Boss.", ergänzte Knudsen. „Hannes, zeige noch einmal die Brieftasche vom Opfer!", rief Petersen. „Schaut einmal, hier ist eine Öse, es könnte eine Kette angebracht gewesen sein.", so Petersen weiter. „Genau, und diese ist an der Gürtelschlaufe befestigt gewesen.", überlegte Dr. Knudsen. „Dann sucht die Kette!", ordnete Friedrichsen an.

Kriminalhauptkommissar Jens Petersen, Kommissar Burkhardt, eigentlich Erster Polizeihauptkommissar, und Praktikant Hannes Hansen zerlegten nun alles. „Was vermuten sie, Chef?", fragte Hansen.

„Nun, entweder wollte der Tote seine Brieftasche mit einer Kette sichern oder es war etwas an der Kette, was abgerissen wurde.", sagte Petersen. „Finden wir die Kette, dann ist der Fall abgeschlossen und du hast pünktlich Feierabend!" „Boa, das ist ja Luxus pur, der LED-Fernseher verschwindet auf Knopfdruck hinter eine Wand!", rief Hannes. „Und? Suche weiter!", rief Petersen. „Dieses Bild müsste eigentlich dort hängen, hier ist der Haken zum Aufhängen!", rief Burkhardt. „Chef, da ist ein Tresor hinter dem Fernseher!", schrie der Praktikant. Im Tresor war ein Schlüssel eingesteckt. Am Schlüssel hing eine Kette. Es war die gesuchte Kette. Jetzt war es wahrscheinlicher, dass es sich doch um Mord handelte. Die Kette mit Schlüssel könnte bei einem Kampf abgerissen worden sein. „Diamanten, 2.500 Euro in der Brieftasche, Alibis, hier stimmt doch etwas nicht?", analysierte Jens Petersen. Petersen ordnete die Überwachung von Herbert Hövel an. Der tourte immer noch in der Whisky-Meile umher. Jetzt war er in ständiger Begleitung eines jungen Mannes. „Das ist alles sehr verdächtig. Lasst uns Undercover arbeiten.", sagte Petersen auf der Wache. „Ich erledige das!", rief Wolfgang Burkhardt, „Mich kennt hier kein Sylter." „Na, dann zeig mal, was du so in Dresden gelernt hast.", sagte Kommissar Friedrichsen.

In der Bar wartete Burkhardt bis Herbert Hövel abgefüllt war. Dann kam die Gelegenheit, um mit Hövels Begleiter Kontakt aufzunehmen. Beide schwärmten für Mercedes 12 Zylinder, Rolex und Frauen. „Ich bin der Siggi. Lass' uns noch einen heben, mein Vater ist ja schon fertig mit der Welt!", sagte Siggi Hövel, dessen Name ja nun bekannt wurde. „Ja, eine Rolex hätte ich auch gern. Einen 12 Zylinder habe ich schon.", schwärmte Burghardt. „Die kann ich alle kaufen, alle! Schau her, ein ganzes Säckchen Diamanten. Mein Vater und ich handeln damit. Uns gehört die Welt!", ritt sich Siggi in die Falle. Kommissar Burkhardt verständigte die Sylter-Kollegen. Die stürmten Bar. Noch in der gleichen Stunde wurden Vater und Sohn Hövel festgenommen. Beide gestanden, die Geschichte vorgetäuscht zu haben, um an die Diamanten zu kommen.

Was interessieren 2.500 Euro, die Diamanten hatten einen Wert von einer Million. Siggi Hövel erschlug Dirk van Bertram und raubte die Diamanten. Die Tatwaffe, ein Flasche Rum, warf er über Bord. Der Fall war gelöst. „Endlich einmal Action!", rief Praktikant Hannes Hansen.

Das Haus an der Kiesgrube Pratzschwitz

Niemand wohnte in diesem Holzhaus an der Kiesgrube Pratzschwitz, ca. 4 km östlich von Pirna. Es stand einige Jahre bereits leer. Man konnte es nur mit dem Boot erreichen. Alle Leute aus der Umgebung mieden es. In der Nacht spielten sich unheimliche Dinge dort ab. Punkt Mitternacht war dieses Haus hell erleuchtet und es hörte sich an, als wenn eine Frau weinen würde.

Eines Tages kam ein junger Mann ins Bürgeramt Pirna. Sein Name war Klaus Brückner. Er erkundigte sich nach dem Haus. Gerne würde er es kaufen. Da Angeln sein Hobby war, schien hier ein geeigneter Ort zu sein. Eine Vielzahl an Fischbestand (Karpfen, Forelle, Hecht, Rotfeder, Barsch, Zander, Wels und Aal) sei garantiert. Die Dame vom Amt sagte ihm, dass dieses Haus zuletzt einem Herrn aus Dresden gehörte, jetzt aber zum Kauf angeboten wurde. Sie meinte, dass es unheimlich dort sei. Klaus Brückner tat alles nur als Gerede ab. „Na ja, sie müssen wissen was sie tun. Sie können es sofort haben, wenn sie wollen. Wir sind froh, wenn es verkauft ist." Klaus Brückner angelte für sein Leben gern, da kam es wie gerufen, dieses Haus an der Kiesgrube.

Schon am ersten Abend warf er seine Angel aus, befestigte die Rute am Bootssteg und ging zurück ins Haus. Er vernahm ein leises Wimmern, ging aber darüber hinweg. Am darauffolgenden Abend das Gleiche, nur eindringlicher und lauter. Es kam ihm vor, das Gejammer direkt neben sich hören zu können. Er hatte das Gefühl zu spinnen.

Ein paar Tage vergingen, bis er wieder Zeit fand, seinem Hobby nachzugehen. Auf dem Weg zum Haus traf Brückner ein paar Leute aus der Umgebung. Eine Frau fragte, ob er der neue Besitzer sei und es doch gewaltig dort spuke an der Kiesgrube.
Sie schaute ihn noch von der Seite an und verschwand.
Klaus Brückner wurde nachdenklich. Sollte dieses nächtliche Gejammer etwas damit zu tun haben? Was war hier los?

Am Abend hatte er das Gespräch wieder vergessen. Gut gelaunt machte er sich auf den Weg zum Haus. Wie gewohnt legte er die Angel aus und ging rein. Eine unheimliche Stille machte sich breit. Plötzlich stand eine junge Frau vor ihm. Blutverschmiert und mit Seetang behangen. Ihm wurde schwindelig vor Angst. „Du musst es klären, ich bin ermordet worden. Er läuft noch frei herum, er muss bestraft werden, sonst kann ich keine Ruhe finden." Brückner bekam Angst, versprach aber, ihr zu helfen.

Am Tag darauf fuhr er zum Rathaus, hier konnten sie ihm tatsächlich helfen. Er erfuhr, dass ein Herr aus Dresden, mit Namen Holger Westermann, vor Jahren dieses Haus besaß, gleichzeitig eine junge Frau verschwand. Kurz danach verkaufte er das Haus wieder. WARUM NUR? Verschwieg er etwas? Gleichzeitig wurde nach dem Mädchen gesucht, Ermittlungen wurden angestellt. Sie wurde als vermisst gemeldet. Aber eine Verbindung zwischen dem Verschwinden des Mädchens und H. Westermann schien nicht zu bestehen! Oder etwa doch? Brückner bedankte sich für die Information. Er hatte eine Vermutung, er hatte ein Gefühl, er hatte Gänsehaut ... ja, er hatte eine schlimme Befürchtung ... er setzte nun alles auf eine Karte, er pokerte jetzt sehr hoch, denn er hatte doch versprochen zu helfen ... sein Vorhaben war riskant, sein Vorhaben war gefährlich ... aber er musste so handeln. Er fuhr sofort nach Dresden und suchte Westermann auf! Er klopfte erst an, er pochte und schlug dann gegen die Tür und schrie: „MACH AUF, DU MÖRDER! ... KOMM' RAUS!"

Westermann schrie zurück, er konnte aber nicht gegen den gewaltigen Druck von Brückner ankommen. Mit ganzer Kraft drückte Brückner die Tür auf! „Ich habe dieses Haus an der Kiesgrube gekauft, was war da damals los? Sie sind in jener Nacht beobachtet worden! Man hat Schreie gehört!" Ein Wort ergab das andere ... es wurde heftig geschrien und gestritten.

Holger Westermann knickte ein. Er gestand, sie geschlagen zu haben ... er gestand, sie gefesselt zu haben ... er gestand, dass er sie verhungern ließ. Zum Schluss warf er sie, beschwert mit Steinen, in die Kiesgrube.

Brückner konnte nicht glauben was er hörte. Es lief ihm eiskalt über den Rücken. Er rief die Polizei. Kommissar Burkhardt und seine Kollegen verhafteten den Mörder. Endlich hatten die Leute ihre Ruhe ... endlich hatte die Seele ihre Ruhe.

Brückner verkaufte das Haus trotzdem wieder. Mit dieser Vorstellung konnte er dort nicht bleiben. Das Haus an der Kiesgrube ist nun im Besitz eines Autorenpaares aus Westerland. Sie genießen nun die Ruhe und fühlen sich Zuhause.

DER ÜBERFALL MIT FOLGEN

Für den älteren Herrn mit Brille spielten die Fußballer vom FC ... na, ich habe den Ort und die Zahl vergessen, ganz einfach zu zaghaft. Der Herr mit Oberlippenbart meinte, sie spielten einfach nur grässlich. Der Herr mit dem Karohemd dagegen interessierte sich nicht für Fußball. Das Trio war bei Gerda Bernshofer gern gesehen, als ich sie besuchte, um diese Geschichte festzuhalten, plauderte sie sofort drauflos. Ich bin Reporter des Dresden-Anzeigers und wollte die Story gern schreiben. Das lag daran, dass ich die 3 Rentner jeden Mittwoch bei ihrer Plauderrunde sah, dabei dachte, was sie wohl früher einmal für Berufe ausgeübt hatten und wie ihr Leben so verlief. Die Gespräche verfolgte ich immer mit einem Ohr mit, denn ich saß regelmäßig einen Tisch weiter, mit meinem Laptop bestückt erledigte ich die Büroarbeit. So wartete ich bei einem Tee auf meine Frau, sie ist in einer Anwaltskanzlei hier in Dresden beschäftigt, gegen 18 Uhr kommt sie dann hierher. Nun, erwähnen muss ich, es war nicht immer Tee, liest sich aber schöner.

Wie gesagt, auch an dem ganz besonderen Tag saß ich, mit einem Ohr hinhörend, am Nachbartisch. Der Herr mit Brille fragte in die Runde, ob noch jemand die alten Porsche Wagen kennt. „Aber sicher", so der Herr mit Karohemd, „waren das nicht welche mit VW-Motor?" ... „Nein", so der Herr mit Brille, „die hatten einen Doppelvergaser und ordentlich Bums unter der Haube!" ... „Sach bloß", so der Herr mit Bart, „aber die Form war gleich!" ... „Flacher waren sie, viel flacher, ganz flach!", entgegnete der Herr mit Brille. „Aber eigentlich liebe ich den Melkus RS 1000."

Ich schrieb weiter an meinem Bericht zum neuen Schwimmbad, konnte hier wirklich nicht folgen, es war nicht meine Zeit, ich bin Jahrgang 1991. Den Unterschied zwischen Ketten- und Nabenschaltung am Fahrrad kenne ich wohl, das war das nächste Thema der Herren.

Ich schätzte sie übrigens so um die 75 ein. Fragte mich dann des Öfteren, worüber werde ich wohl mit meinem Tennisfreund Sven später einmal reden? Meine Frau kam pünktlich. „Magst du ein Getränk?", fragte ich. „Heute nicht, Liebster. Beate und Klaus kommen doch heute!" ... „Ach ja, fast vergessen!"

Von Frau Bernshofer erfuhr ich Tage später, dass die Herren gegen 22 Uhr aufgebrochen sind. Fröhlich wie immer, verließen sie die kleine Kneipe. In der Radeberger Straße, dahinter kam die Dredner Heide, lauerten 2 Männer, die nichts Gutes im Sinn hatten, den älteren, körperlich unterlegenen Herren über 75, auf. Die Männer waren mit Eisenstangen und Gaspistolen bewaffnet. Es war aber nicht möglich, eine Gaspistole von einem echten Schießeisen zu unterscheiden. Es kam, was kommen musste!

In den Polizeiakten, die mir freundlicher Weise Wolfgang E. Burkhardt, Erster Polizeihauptkommissar, zur Verfügung stellte, las ich später:

Die Herren Alfons D., Hubert S. und Herbert B. wurden nachts um 22.45 Uhr von den Männern Detlef R. und Richard T. mit Eisenstangen und geladenen Gaspistolen überfallen und beraubt. Zum Raub kam es jedoch nicht mehr, denn Detlef R., 32 Jahre, und Richard T., 35 Jahre, wurden derart vermöbelt, dass wir den Krankenwagen bestellen mussten.

"Ist doch klar,", sagte mir Frau Bernshofer, "die 3 waren Berufsboxer!"

Ein gemeiner Mord

Ich heiße Sonja und bin 45 Jahre alt geworden. Schade, denn ich hatte das Leben noch vor mir. Als Tochter eines Dresdners Industriellen hatte ich nur Luxus im Kopf, wobei ich aber meine Ausbildung sehr ernst nahm. Mein schulischer Werdegang ging sehr zügig voran. Das Studium der Naturwissenschaften machte ich im Handumdrehen. Mit 30, kurz nach dem Studium, lernte ich einen attraktiven Mann kennen. Etwas älter war Carl und Lehrer in Cottbus. Geboren wurde Carl in Texas. Wir liebten uns sehr. Oft saßen wir abends stundenlang und diskutierten über Gott und die Welt. Carl war ein sehr gläubiger Mensch und konnte nicht verstehen, dass es so viel Schlechtes auf dieser Welt gab. Wir meditierten jeden Abend miteinander. Ich hatte meinen Dr. Titel in Biologie gemacht und war sehr stolz darauf.

Endlich hatte ich die Möglichkeit, mit meinem Liebsten nach Texas zu gehen. Obwohl Carl eine Festanstellung hatte, wollte er aus familiären Gründen zurück nach Texas. Dort bekamen wir sofort eine Anstellung in Housten. Eigentlich waren wir glücklich, doch eines Abends, als ich von der Uni nach Hause fuhr, folgte mir ein Ford Mustang. Der Fahrer des PKW's wurde immer dreister und fuhr schneller und schneller. Leider war mein Mini schon über 10 Jahre alt, sodass ich ihm nicht entkommen konnte.

Carl hatte auch an diesem Abend das Essen bereitet. Dadurch, dass er früher zu Hause war als ich, übernahm er diese Aufgabe. Carl wartete. Ich kam nicht. Es wurde spät. Carl fuhr die Strecke ab, die ich immer nutzte um schnell zu Hause zu sein. Carl fand meine Schuhe am Wegesrand. Ein paar Meter weiter ein abgerissenes Stück von meiner Bluse. Ich musste mich heftig zur Wehr setzen, was mir letztendlich nichts nutzte. Jetzt handelte mein Liebster sofort und rief die Kriminalpolizei an. Es wurde zügig gehandelt und alles in die Wege geleitet.

Die Beamten sicherten die Fundstücke. Aber sonst fanden sie nichts. Auch nicht meine Brosche aus Gold. Eine riesige Suchaktion wurde gestartet. Aber auch nach Wochen konnte keiner den wahrscheinlichen Mord an mich aufklären. Als Carl schon fast den Glauben an die Menschheit verlor, geschah etwas, dass er nicht fassen konnte.

Etwa drei Monate nach meinem Verschwinden klingelte es abends an der Tür. Meine Schwester, diese falsche Schlange, stand vor ihm. „Was wollen sie?", fragte Carl. Was sie wollte war doch klar. Sie wollte das Geld aus meiner Lebensversicherung. Ich hatte einen sehr fatalen Fehler gemacht, als ich meine geldgierige Schwester als Begünstige in meine Police eintragen ließ. Carl sagte ihr vor den Kopf, dass er mit ihr nichts zu tun haben will. Er wusste genau wie falsch sie war. Kam mich nur besuchen, wenn sie etwas wollte; und ich falle darauf rein. Ihre Mitleidsmasche hatte mich das Leben gekostet.

Wochen später wurde meine Leiche gefunden. Man stellte fest, dass ich erdrosselt wurde. Anschließend hat man mich entsorgt wie einen Müllsack. Nur eines fanden sie noch nicht, meine goldene Brosche mit Türkise. Abgebrüht wie diese Hexe war, ging sie zur Polizei und fragt nach dem Ermittlungsstand. Sie bekam keine Antwort, sondern machte sich nur verdächtig. Nach ihrem Alibi wurde sie gefragt, da man fast den genauen Todeszeitpunkt ermitteln konnte. In Ausreden war dieses Biest ja nie verlegen. Sie wurde ausgefragt, wie das Verhältnis zu mir denn gewesen wäre und noch vieles mehr. Schnell fand die Polizei heraus, dass sie das Geld aus der Versicherung bekommen sollte. Jetzt kam man dem Fall schon etwas näher. Einen dubiosen Freund hatte sie, der auch nichts hatte, sondern ständig Schulden machte. Außerdem war er vorbestraft. Mit so einem Ganoven hatte sie ein Verhältnis, diese Schlampe. Und ich hab' ihn quasi mit unterstützt. Na ja, was soll es, jetzt brauche ich mich wohl nicht mehr darüber aufregen.

Jedenfalls gingen die Ermittlungen in meinem Fall weiter. Einige Wochen später klopfte die Kripo an unsere Tür. Es wurde eine Brosche gefunden, sagte zu man zu Carl. Wem denn diese gehöre, wollte man wissen. Carl erkannte meine Brosche. Die Brosche wurde bei meiner Schwester gefunden. Man folgerte, dass meine Schwester mich aus Habgier umbringen ließ oder sogar mit Hand angelegt hatte. Die Beamten nahmen sie und ihren Lover fest. Diese Giftnatter hatte es nicht anders verdient. Gut, dass man die Brosche fand, sonst würde ich mich im Grab umdrehen, wie man so schön sagt. Carl bekam dann das Geld von der Versicherung. Na ja, wenigstens etwas Erfreuliches.

Jedenfalls hatte ich eine tolle Beerdigung und freue mich, dass Carl wieder eine neue Frau hat. Wie schnell das doch ging. Na, ja, was soll's.

Eine nette ältere Dame – Teil 1

Maria Müller bestellte gerade in einer Bäckerei in Dresden Pieschen vier Brötchen und ein Bauernbrot. Plötzlich fasste sie sich an die Brust und wimmerte: „Mein Herz, mein Herz." Dann sackte sie langsam zusammen. Bäckerin Greta Harnbacher drehte die Wählscheibe an ihrem Telefon. „Bitte schnell einen Arzt, schnell bitte. Bei Harnbacher Zur alten Mühle." Eine Menschenmenge sammelte sich in der Bäckerei und davor, während alle auf den Krankentransporter warteten. Niemand bemerkte, wie zwei gutgekleidete Herren, mittleren Alters mit Aktenkoffer die gegenüberliegende Bank betraten. Es bemerkte auch niemand, wie zwei gutgekleidete Damen den daneben liegenden Juwelier betraten. Niemand merkte, wie zwei Halbstarke mit Elvis-Tolle, sich vor den Türen der Bank und des Juweliers positionierten. Die Halbstarken, in Jeans und Lederjacke, schauten regelmäßig auf ihre Uhren und gaben sich Zeichen. Währenddessen zückten die beiden Herren in der Bank, Maske und Eisen. „Jeder bleibt da, wo er gerade steht. Dies ist ein Banküberfall, wir machen Ernst und im Koffer ist eine Bombe." Der eine hielt die drei Angestellten in Schach und der andere räumte die Kasse leer. Alles Geld packte er gierig in große Tüten, die in dem Koffer waren. Derjenige, der die Angestellten in Schach hielt, stellte einen Aktenkoffer mit einem tickenden Etwas mitten in den Kassenraum. Drähte schauten heraus. Die Gauner hauten in aller Seelenruhe ab und wendeten ihre schwarzen Mäntel, sodass sie nun weiß waren. Im Juweliergeschäft spielte sich fast das Gleiche ab. Die eleganten Damen ließen sich beraten. Plötzlich hatten sie statt eines Taschentuchs einen Revolver in der Hand. Nicht sehr groß, aber sehr effektiv. Ruck-zuck räumten sie die Auslage leer. Diamantringe und Armbänder und Uhren. Einfach alles was ihnen zwischen die Finger kam. Der Juwelier und seine Angestellten hockten in einer Ecke. Vier Meter vom Not-Schalter entfernt, um bei der Polizeiwache Alarm zu schlagen. Beide sahen nicht, wie die Diebinnen eine andere Perücke aufsetzten.

Diese Perücken waren schwarz. Die Mäntel der Damen wurden auch gewendet, sodass sie weiß waren. Inzwischen traf der Krankenwagen ein. Polizisten befragten die Bäckerin. Zwei Notärzte trugen auf einer Bahre die ältere Dame Maria Müller zum Krankenwagen. In diesem Augenblick gaben die Halbstarken den Männern in der Bank und den Frauen im Juwelierladen ein Zeichen. Die vier Erwachsenen gingen auf den Krankenwagen zu, zwangen die Ärzte einzusteigen und brausten mit Blaulicht los in Richtung Dresdner Heide. Die Bande, einschließlich der Halbstarken, floh über alle Grenzen und wurde nie wieder gesehen. Im abgestellten Koffer in der Bank war übrigens keine Bombe, sondern ein alter Wecker. Maria Müller hieß auch nicht so, sondern war die Großmutter der Bande. Auch die Enkel waren involviert. Und der Clou: Großmutter entwickelte den Plan!

Agathes Code

Wer kennt sie nicht, die fantastischen Abenteuer des Monsieur LeGrant oder die Fälle von Kommissar Wolfgang E. Burkhardt. Sie hatte einen ganz heißen Draht zu Burkhardt. Er versorgte sie immer mit echten Fällen aus Dresden. Schließlich war er ein echter Kommissar.

Agathe X. war eine sehr erfolgreiche Autorin in Dresden. An ihrer Seite sah man stets ihren Sohn Peter. Ihr erstes Buch wurde bereits zum Bestseller. Peter bewunderte seine Mutter, wollte unbedingt die Geheimnisse des Geschichtenschreibens erlernen. „Fantasie und viel Ruhe brauchst du, mein Sohn.", sagte die erfolgreiche Mutter. Abend für Abend saßen sie bei einem Glas Wein beisammen, plauderten über dies und jenes, diskutierten, machten sich Stichpunkte. Schon war die Grundlage für eine neue Geschichte geboren. „Es sind die Dinge, die im Alltag passieren.", sagte Agathe. Klug, wie die Mutter war, sorgte sie bei Peter für eine gute Ausbildung. Über den Beruf des Buchbinders bis zum Studium arbeitete sich Peter an die Spitze. Sein Bruder hingegen war ein Lebemann. Mutters Unterstützung verprasste er meist im Spielcasino. Leo war genauso talentiert wie sein Bruder, aber irgendwie verstand er das Leben nicht. Erfolg kam eben nicht von ungefähr. Peter richtete sein Arbeitszimmer neben Agathes Büro ein. Jetzt hatte er alles an Handwerkszeug beisammen, durch Mutters Gespräche am Abend sprudelten die Ideen. Agathe hatte wieder einen Bestseller. Peter schrieb das erste Buch unter Agathes Namen, Agathe war begeistert vom Inhalt und ließ es zu. Es wurde ein ordentlicher Erfolg, beide freuten sich. Natürlich schob Agathe einen neuen Fall von Kommissar Jack Miller hinterher, also eigentlich Wolfgang E. Burkhardt, aber das durfte ja keiner wissen. Wie es in der Branche so war, zog der Name und so steigerte sich auch das Buch von Peter nochmals. Mit dem von Peter erworbenen Know-how, setzte er nun auch das Internet ein, man sprach über Peter, man kannte ihn jetzt.

Dabei setzte er zwei Künstlernamen ein, Cora Brix und Henry Desmond. Erfolg über Erfolg war das Resultat. Schreiben, Weinabende mit Mutter, ... die beiden wurden ein Erfolgsduo.

Und niemand kannte ihre Herkunft. Der erste oder zweite Platz war ihnen in den Bestsellerlisten sicher.

Peter erwarb von seinen Einkünften Grundstücke rund um Dresden, Agathe sparte alles und legte das Geld und die Wertpapiere in ihren Tresor. Nun, es war ein Panzerschrank mit modernster Technik, mechanische und elektronische Zahlenkombinationsschlösser kamen zum Einsatz. Millionen lagen darin und warteten. Auf was eigentlich? Agathe war eine glückliche und zufriedene Frau. Peter war versorgt und Leo schlug sich so durchs Leben. Er würde ja sowieso genug erben. Peter dagegen war nicht auf die Erbschaft angewiesen.

Die Zeit verging, der Erfolg der Bücher war immer noch grandios. Leo bohrte immer mehr nach Geld. Agathe versuchte ein letztes Mal, ihren Sohn auf die richtigen Schienen zu setzten. Aber es war zu spät, Leo ließ sich hochverschuldet mit der Mafia ein. Leo versprach dem Geldeintreiber, dass er aus dem Geldschrank seiner Mutter bezahlen würde, nur seine Mutter müsste kurz zum Schweigen gebracht werden. Es passierte tatsächlich so, selbst Kommissar Miller könnte diesen Fall nicht lösen. In der Realität war Kommissar Burkhardt aus Dresden für den Fall zuständig. Alles sah nach einem Unfall aus. Das Fahrzeug von Peter, mit Agathe auf dem Beifahrersitz, überschlug sich mehrmals, stürzte dann den Abhang hinunter. Agathe war sofort tot, Peter überlebte schwerverletzt. Das Haus stand nun wochenlang leer. Leo und zwei Panzerschrankknacker machten sich ans Werk. Die schwere Tresor-Explosion nutzte gar nichts. Herumfliegende Splitter verletzten Leo schwer, die beiden anderen flohen. Als die Polizei eintraf, war Leo schon tot, er verblutete.

Nach Peters Genesung richtete er das Büro neu ein. Agathes Erbe sollte zu 60 Prozent gespendet werden. Die 20 Prozent an Leo kamen noch dazu. Peter spendete einer Autoren-Gruppe seinen Anteil, zur Förderung, so wie es seine Mutter mit ihm gemacht hatte.

Den Code kannte Peter übrigens auch nicht, Agathe sagte nur immer, denke an die Erfolge unserer Bücher!
Peter tippte ein: 1... 2... 1... 3... 1... 2... 1... 4... 2... 1...

Omas letzter Auftrag – Teil 2

Wir erinnern uns noch alle, als Großmutter Maria Müller aus Dresden mit ihrer Bande, 2 Söhne, 2 Schwiegertöchter und 2 Enkel, gleichzeitig eine Bank und ein Juweliergeschäft überfiel und dann im Krankenwagen flüchtete. Ob im Ausland oder rund um Dresden, sie wurden nie gefasst. Aus der Zeitung wusste die Großmutter vom Geldtresorraub in Bad Wildungen. Roland Esser, Freddy Lindenwald, Günther Farber und Holger Biermann drehten 1950 das Ding. Freddy und ihr Sohn Paul waren seit der Kindheit miteinander befreundet. Des Öfteren trafen sich beide in Nieder-Werbe. Das Geld der Jungs aus Bad Wildungen war langsam aufgebraucht. Maria Müller war zwar eine sparsame Oma, aber sie wollte auch ihre Familie abgesichert sehen. Großmutter kam auf den idealen Plan, ein großes Ding zu drehen. Sie war über 80, hatte aber immer noch genügend Power für solche Dinge. Sie wusste, dass sie irgendwann an Krebs sterben würde, aber ihr Geist litt nicht darunter. Nach zwei Wochen stand der Plan. Alle machten sich mehr oder weniger einen Spaß daraus. Nur Maria Müller war tot ernst.

Mit 5000 Mark bestach Oma Müller den Wachmann eines Geld- und Gold-Transporters. Der Transporter fuhr über die Bundesstraße 170. Die Orte und die Ankunft wurden sorgfältig geprüft. Nur Sergio, der Wachmann, lachte darüber und dachte, dass die Oma nichts auf die Beine bringen würde. Aber das Geld nahm er gerne an. Einen italienischen Sportwagen wollte er sich kaufen. Mit einem Sportwagen über die Autobahn 17 zu heizen, das ist schon spannend.

Jeder erhielt von Großmutter eine Order. Roland und Freddy hielten an eine, auf dem Weg gelegene, Autowerkstatt. Omas Söhne kauften in Plauen einen ähnlichen Transporter.

Er wurde umlackiert mit der Aufschrift **SECURITY**. Der große Tag kam. Maria Müller überließ nichts dem Zufall. Für sie war es das letzte Ding.

Der Krebs ist sehr weit fortgeschritten. Sie wusste von Dr. Krüger, dass es noch wenige Wochen waren.

„Oma", sagte ihr Enkel Toni, „wie sollen wir den Transporter anhalten?" „Sei unbesorgt,", so die Oma, „ich sorge dafür." Alle waren bereit. Maria ordnete zwingend an, dass man sich nicht um sie kümmern müsse, denn sie habe alles im Griff. Die Zeit war reif. Der Geldtransporter wollte auf die Böllstraße abbiegen. „Pass' auf!", schrie ein Wachmann! „Du überfährst die alte Frau dort." Schon passiert. Die Wachmänner stiegen aus. Sofort wurden sie überwältigt. Holger Biermann raste los zur Werkstatt. Vorne rein und hinten wieder raus. Alle waren mit Sprühpistolen ausgestattet und lackierten in unglaublichen zehn Minuten den Transporter in Rot um. Freddy stellte den in Plauen gekauften Transporter auf ein abgelegenes Feld ab und steckte ihn an. Marias Enkel holte ihn ab. Alle trafen sich 50 km hinter Dresden, in Bautzen, teilten den Erlös und verschwanden.

Ein Brief lag in der Werkstatt:

Es wird alles klappen, ich liebe euch.
Aber mein Krebs zwingt mich zu dieser Tat.
Wenn ihr das lest, werde ich nicht mehr leben.
Bitte lebt euer Leben.

In Liebe eure Oma

Es ist einer der wenigen Kriminalfälle, die in Dresden ungelöst blieben. Zumindest schmunzelt Kommissar Burkhardt immer darüber, wenn er die Geschichte erzählt.

Denn sie wussten nicht, was sie taten

Hier nun noch einmal, was die Großmutter damals aus der Zeitung erfuhr:

Es war in den fünfziger Jahren, die Zeit des Wirtschaftswunders. Aber auch eine Zeit, in der viele das haben wollten, was in den Schaufenstern angeboten wurde. Auch wurden wieder Autos gebaut. Viele liefen noch nicht auf den Straßen, aber sie waren für die meisten Arbeiterfamilien unerschwinglich. Es war ein großes Angebot an Gütern vorhanden. In dieser Zeit aber nicht für jedermann erschwinglich.

Holger Biermann, Freddy Lindenwald, Günther Faber und Roland Esser, saßen an einem Samstagabend fast resigniert am Stammtisch in Bad Wildungen, an dem sie sich jedes Wochenende trafen. Die jungen Männer arbeiteten unter Tage. Jeden Tag der Dreck und die stickige Luft im Stollen der Zeche Marie bei Kassel, zermürbte sie. Sie wollten reich sein. Träumten davon irgendwo am Strand zu liegen und das Leben zu genießen. Sie diskutierten den ganzen Abend immer über das gleiche Thema. Außerdem sagte Holger: „Was ist denn schon los hier, in Bad Wildungen?" „Schaut euch doch mal um hier, ihr werdet nichts finden was euer Herz erfreut. Weit und breit nur Baustellen."... „Ja, du hast Recht, Holger.", sagte Freddy Lindenwald. „Nur, leider sind wir an diesen Ort gebunden." Der älteste in der Runde war Günther Faber. Faber meinte: „Hört auf zu nörgeln, Jungs. Entweder wir unternehmen jetzt etwas oder wir finden uns damit ab, unter Tage zu arbeiten und hier zu versauern." „Hast du einen Vorschlag, was wir tun könnten?" Roland Esser meldete sich nun auch zu Wort: „Ihr habt ja Recht. Auf der einen Seite ist hier nichts los und im Stollen hab' ich auch keine Lust zu versauern. Aber nicht nur hier in Bad Wildungen wird es so aussehen. Und auch ich hätte große Lust mehr Geld zu haben und hier abzuhauen." Die vier Männer kamen auf eine dumme Idee. Holger machte den Vorschlag einen Güterzug in der Nähe von Vöhl-Herzhausen zu überfallen.

„Holger, du hast doch wohl den Realitätssinn völlig verloren.", meinte Freddy Lindenwald. „Aber warum denn, wenn wir genau überlegen was zu tun ist, kann doch nichts schief gehen.", sagte Günther.

Alle Männer kamen zu der Übereinkunft, genau heraus zu bekommen, wann der Zug in den Bahnhof Vöhl-Herzhausen einfährt, aus Frankenberg kommend. In diesem Zug, so hatte sich Holger schon schlau gemacht, ist eine größere Menge Bargeld zu finden. Der Zug beinhaltet teure Seidenstoffe, die aus der Türkei kommen, außerdem mindestens 250.000 DM an Bargeld. Der Güterzug wird akribisch genau überwacht. „Es wird nicht einfach sein, das Ding durchzuziehen, aber es wird sich für uns alle lohnen, wenn wir zusammenhalten und uns genau an den Plan halten.", sagte Holger Biermann. Am nächsten Morgen waren die Männer wieder mit ihrer Arbeit im Stollen bei Kassel beschäftigt und die Gedanken an einen Überfall waren erst einmal zurückgestellt. Abends am Stammtisch wurde dann wieder diskutiert und beratschlagt über den Überfall. Alle wollten diese Aufgabe erledigen, denn der Traum vom Reichtum sollte Wirklichkeit werden. Freddy, Holger und Günther kundschafteten am anderen Tag alles aus. Sie wussten nun genau, wann der Zug einfährt. Auch bekamen sie heraus, wo sich der Tresor mit dem Geld im Zug befand. Wie viele Wachposten sich im Zug aufhielten. Sie tranken einige Biere und besiegelten damit ihren Plan. Für den Überfall, planten sie den Freitagnachmittag. Alles musste sehr schnell gehen, sie durften keine Zeit verlieren.

17 Uhr, Freitag der 11, März 1950 in Herzhausen. Alle Männer waren auf ihren Posten. Als Zugführer war Harry verkleidet. Günther als Gleisbauer und die anderen beiden lungerten als Fahrgäste auf dem Bahnhof herum. Der besagte Zug fuhr langsam ein. Die Spannung stieg bei den Männern. Aufregung pur. Der Adrenalinspiegel stieg gewaltig. Jetzt ging alles rasend schnell. Im Waggon handelten die Männer sehr professionell. Alles war gut durchdacht.

Sie fanden relativ schnell den Tresor und überwältigten den Zugführer. Alles klappte ausgesprochen gut. Der Tresor war tragbar, sodass sie augenblicklich verschwinden konnten.

Schnell sprangen sie in den dafür vorgesehenen Ford Kombi und fuhren sofort Richtung Süden, über die Bundesstraße 252, dann auf die Autobahn 7, über Österreich nach Italien. Niemand erkannte sie, keiner hielt sie auf. Sie fuhren ihrem Traum vom Reichtum entgegen, ohne ein schlechtes Gewissen zu haben. Man sah sie nie mehr am Edersee.

Die Mausefalle

Familie Kardau war eine reiche Familie. Niemand konnte ahnen, womit sie ihren Reichtum zusammentrugen. Die männlichen Familienmitglieder waren nicht gut in Dresden angesehen. Sie waren stets unfreundlich und wollten immer Recht behalten. Frau Kardau und ihre Tochter waren wiederum beliebt. Sie versuchten die Boshaftigkeit der anderen Familienmitglieder zu überdecken. Irgendwann dachte Robert Kardau, Sohn von Paul, dass er nun an der Reihe wäre, das Geld und das Vermögen an sich zu bringen. Die Stimmung innerhalb der Familie war sehr gereizt.

Das viele Geld brachte zwar Reichtümer, Sportwagen, eine Segeljacht und was es sonst noch so gibt. Alles hätten sie genießen können, jedoch Vater und Sohn wurden immer egoistischer. Frau Kardau und ihre Tochter hatten sowieso nichts zu melden. Den Patriarchen des Hauses zu bedienen, war ein ungeschriebenes Gesetz. Jeden Abend träumte Robert von diesem Reichtum. Er war ein geborener Angeber. Doch seine Intelligenz war unübertroffen. Er wusste, dass sein Vater bei schlechter Gesundheit war.

Also plante er Paul umzubringen, damit er schneller an das Erbe kommen konnte. Da Robert auf Nummer sicher gehen wollte, entwickelte er einen ausgeklügelten Plan, so oder so, auch mit einem zweiten Plan, Paul sollte sterben. Ein schnell wirkendes Gift musste her, das er sich über einen Hehler besorgen wollte. Robert präparierte zunächst die Schwimmflossen des Vaters. Mit seiner Fantasie malte sich Robert genau aus, was passieren würde. Sein Vater würde zum 400 Kilometer entfernten Edersee fahren. Alle 3 Wochen tat er dies. Dann setzte er sich immer zuerst auf den Bootsrand, um die Schwimmflossen und die Taucherbrille anzulegen. Jetzt ließ er sich rückwärts ins Wasser fallen. Alles passierte vor den Augen seiner Geliebten Gabi. Nur diesmal stieß die Nadel mit dem flüssigen Gift zu. Paul würde nicht mehr auftauchen. Man würde Gabi als Mörderin verdächtigen. Seine Fantasien endeten nicht.

Plan B:

Einmal im Monat, traf sich Paul mit seinen Freunden beim Skat. Drei davon waren Zigarrenraucher. So freigiebig wie Paul war, hat er sich immer mit teuren Zigarren die Freundschaft der anderen erkaufen wollen. Robert präparierte die vierte Zigarre. Das Gift wirkt auf die Lunge und löst einen Hustenanfall aus. Er wusste auch, dass sein Vater gern den Sportwagen fährt. Etwa 500 Meter nach der Hofausfahrt telefonierte er immer mit Gabi. Robert manipulierte auch das Handschuhfach. Alles präparierte er mit Giftspritzen.

Aber es kam anders:

Es kam der Tag, an dem es einen kompletten Telefonzusammenbruch gab. Robert befand sich in seiner Lieblingsbar. Seine Schwester traf sich zu der Zeit heimlich mit Johann.

Johann war der Sohn eines angesehenen Industriellen aus Österreich. Auch der Vater von Johann fiel auf die kriminellen Machenschaften von Paul Kardau herein. Er verlor Millionen. Johann und seine Angebetete schmiedeten Zukunftspläne. Er wollte sie aus dieser Familie herausholen.

Nur Frau Kardau war mit ihrem Mann also allein im Haus. Das Telefon funktionierte nicht. Paul befahl seiner Frau das Handy aus dem Wagen zu holen. Nach einer Stunde fand er sie leblos neben dem Wagen liegen. Durch die Beerdigung wurde das Skatspiel abgesagt. Natürlich auch das Tauchen.

Diese Zeit nutzte Roberts Hehler aus, um in das Anwesen einzubrechen. Er war nicht nur Hehler, sondern auch Einbrecher. Wie üblich, zu den normalen Einbrecherutensilien, trug er eine Waffe bei sich. Es ist kein Geheimnis, aber die Verandatür ist nicht gut gesichert gewesen. Das Wohnhaus wurde nach einem Tresor durchsucht. Paul Kardau hörte Geräusche. Er wollte den Einbrecher stellen und holte seine Waffe aus dem Schlafzimmer.

Beide schossen und Paul wurde tödlich getroffen. Der Einbrecher wurde am Bein verletzt. Er lag am Boden. Nun kam Robert aus der Bar zurück und sah die Tragödie. Der Einbrecher, der ja auch Roberts Hehler war, sagte: „Na, da habe ich dir wohl einen Bärendienst erwiesen." „Hilf mir auf, gib mir 100.000 und die Sache bleibt unter uns." Robert ging zum Tresor, öffnete ihn, ergriff das Geld und fiel kurz danach leblos zu Boden. An seinen Fingern verklemmte sich eine Mausefalle mit einer Giftinjektion, die Paul Kardau aufgestellt hatte.

„Na, das war einmal ein ganz einfacher Fall.", sagte Kommissar Burkhardt zu seinen Kollegen bei der Untersuchung. „Ja, und das Beste, wir und Dresden sind die Kardaus los. Die gingen mir echt auf den Sack.", so Polizeihauptwachtmeisteranwärter Jenz Büscher. „Herr Kollege!", rief Burkhardt, „Ich bitte Sie, Contenance bitte!"

… … …

Roberts Schwester übrigens, machte Johann sehr glücklich. Das Vermögen der Kardaus wurde für wohltätige Zwecke gestiftet.

DER GESTOHLENE MORD

Auch an diesem Morgen begann Ella Sempell wie üblich mit einer neuen Geschichte für ihr zweites Kriminalbuch. Bislang schrieb sie Liebesromane unter ihrem eigenen Namen. Aber sie wollte einmal eine andere Richtung einschlagen. Ellas Schreibtisch steht in einem völlig zugestopften Raum in Dresden. Sämtliche Mitbringsel der letzten Jahre hob sie immer auf. Von den vielen Lesungen, rund um die Welt, brachte sie Erinnerungsstücke mit. Jedes erinnert an einen Liebesroman. Sie schaute sich die lieben Dinge an, und denkt darüber nach, wie viele Paare sich in ihren Romanen schon kennengelernt haben. Die Geschichten hatten immer ein gutes Ende. Sie bekam ihn und umgekehrt. Auf der ganzen Welt spielen sich diese Liebeleien ab. Ob die neue Reihe auch so erfolgreich wird? Gedanken machte sich Ella Smith schon darüber, welche Erinnerungen später bleiben würden. Sie lachte über sich selbst und dachte: „Mord, bleibt Mord und Hauptsache der Täter wird dingfest gemacht." Vom Schreibtisch aus, sieht sie auf den herrlichen Stausee Niederwartha. Die Sonne blinzelt durch die Bäume. Von weitem sieht sie den roten Sportwagen ihres Neffen Dirk heranfahren. Wie immer viel zu schnell. „Der Junge bringt sich noch um.", dachte Ella.

Ella hatte lange nichts von seiner Frau gehört. Etwas kriselte es ja immer in dieser Ehe. Sie legte das angefangene Manuskript zu den anderen Manuskripten in den Tresor. Wo bleibt er nur, fragte sich Ella. Sie warf einen Blick durch das Küchenfenster. Dirks Sportwagen stand in der Einfahrt. Sie machte sich einen Kaffee und ging wieder in ihr Büro. Der Neffe kam und begrüßte sie mit einem großen Blumenstrauß. Ella sagte: „Gibt es etwas zu feiern?" „Ja, Tantchen, das kann man so sagen. Ich werde mit meiner Frau eine längere Reise antreten." Ella stellte die Frage: „Ist denn wieder alles in Ordnung zwischen euch?" „Ja, bestens", antwortete Dirk.

Nach etwa einer Stunde verabschiedete sich Dirk wieder. Beide waren guter Dinge für die Zukunft. Ella holte ihr Manuskript wieder aus dem Tresor und schrieb an ihrer Geschichte weiter.

Die Tage vergingen und Ella erhielt eine Urlaubskarte. Sie war froh, denn schließlich ist Dirk ihr einziger noch lebender Neffe. Irgendwann wird er sie beerben.

Die nächste Geschichte stand an. Ein Mord mit einem manipulierten Gasofen. Ähnliche Geschichten gibt es wohl schon, aber Ella konnte so lebendig schreiben, dass es Spaß machte ihre Bücher zu lesen.

Zeit verging ...

Es schellte an der Haustür und sie machte auf. Die Kriminalpolizei wollte sie sprechen. Behutsam, erklärte Kommissar Wolfgang E. Burkhardt, dass es ein schlimmes Ereignis gegeben hat. Dirks Frau erstickte bei einem Tauchvorgang. Die Obduktion ergab, dass sie an einer Überdosis Gift gestorben sei. Ein Stachel eines Rochens war das Übel. Dirk sitzt zurzeit in Untersuchungshaft. „Das ist unmöglich. Mein Neffe kann es nicht gewesen sein." Burkhardt sagte: „Verdächtig ist nur, dass der Stachel des Rochen einen Schnitt aufwies. Der Stachel wurde einem toten Tier entfernt. Das Gift ist nach dem Entfernen immer noch wirksam. Aber wir können es nicht beweisen." Ella erschrak. Sie erkundigte sich einmal bei dem Meeresbiologen Dr. Arndt Bernds, welche Fische Menschen töten können. Es ist allerdings wenig bekannt, dass Rochen noch wirksames Gift in den Stacheln haben, wenn sie tot sind. Hatte Dirk doch etwas damit zu tun? Ella bekam eine Gänsehaut, wenn sie daran dachte. Sie hatte schließlich einen Krimi geschrieben mit dem gleichen Inhalt, das heißt, es ging auch um einen Rochen, dessen Stachel noch wirksam war und jemand umgebracht wurde. Zufall?

Ella ging mit dem Kommissar Burkhardt zum Tresor. Sie musste feststellen, dass das Manuskript nicht mehr da war. Dirk gestand schließlich den Mord und wurde zu lebenslanger Haft verurteilt. Nur er, und nur er, besaß noch einen Tresorschlüssel und den Code.

Der Schock saß bei Ella sehr tief. Von nun an schrieb sie keine Krimis mehr, sondern hielt sich an ihre Liebesromane.

Balkon zum Jenseits

Aus der Polizeiakte: „.... Weiterhin konnte eine Manipulation nicht festgestellt werden. Der Fall ‚Tote auf dem Balkon', Aktenzeichen DD3-OG55SK7, wird hiermit geschlossen. Kriminalkommissar Burkhardt, 06.05.2019, Dresden." Ja, dann ist es ja gut, das ist dann wohl die kürzeste Kurzgeschichte, die es je gab.

Nun, im Ernst, da steckt viel mehr dahinter. Ich bin Journalistin und recherchiere über Internetmobbing, mein Name ist Beate Wardenga vom Kurier in Dresden. Über diesen Fall wurde viel berichtet, viel recherchiert, nicht nur durch die Kripo, sondern auch vom Bauamt in Dresden. Aber irgendwie lagen alle etwas daneben. Damit will ich mich nicht größer machen, aber ich entdeckte da etwas. Alles begann wohl, so meine Recherche, im Juni 2018. Frank Alwendi, ein erfolgreicher junger Manager einer Produktionsfirma hier in Dresden, ersteigerte im Internet eine Eigentumswohnung. Man muss sich vorstellen, für 17.000 Euro. Also ich bitte Sie, liebe Leser, dafür gibt es gerade mal einen Kleinwagen, ohne Bett und Küche. Und fließendes Wasser nur im Motorkühler. Auf jeden Fall war der Haken daran, dass mindestens 125.000 Euro in die Renovierung fließen mussten. Eine neue Tapete und Gips reicht da nicht. Alwendi begann nun mit den Maßnahmen, zunächst mit dem Fußboden und mit den elektrischen Leitungen. Die Fenster sollten im Zuge mit dem maroden Balkon als nächstes auf dem Plan stehen. Zwischen Balkon und Mauerwerk sah man einen zwei Zentimeter großen und etwa 120 Zentimeter langen Riss. Wasser drang ein, im Winter sprengte das Eis alles weiter auseinander. Der rechte Stahlträger war marode und rostete.

In der Firma lief es, wie gesagt, für Frank sehr gut. Bis auf den Tag, an dem die zielstrebige Ilona Meiering vorstellig wurde und ihre Idee verkaufen wollte. „Es tut mir leid, Frau Meiering, aber wir können mit unseren Kunststoffen Ihre Idee nicht realisieren, sorry!", sagte Frank Alwendi.

„Na dann vielleicht auf einen Kaffee?", entgegnete Ilona Meiering. Reserviert und doch sehr höflich lehnte der Manager ab.

Heute wurden im Wohnzimmer neue Steckdosen verlegt. Frank hatte es eilig, den Zettel an der Windschutzscheibe steckte er beiläufig ein. Herrlich verchromte Teile ließ er sich einbauen, für mich als Frau war das wunderbare daran, trotz Verchromung, dass man keine Fingerabdrücke sah. Also einen Polizeibericht dürfte ich nicht schreiben, der wäre vier Mal so lang, wie der von Kommissar Burkhardt. Ach ja, der eingesteckte Zettel: „Einen Sekt bei mir heute? Ich wohne unter Ihnen! Liebe Grüße Ilona." Frank ignorierte den Zettel, schließlich würde gleich seine Verlobte Angelika nach Hause kommen.

Die Tage vergingen mit fleißiger Arbeit und Stuck-Arbeiten im Wohnzimmer. Von nun an klemmte jeden Tag ein Zettelchen unter dem Scheibenwischer. Ab jetzt kamen auch Anfragen in sozialen Netzwerken. Ab jetzt wurde Ilona sehr aufdringlich.

In der Firma lief es weiterhin gut. Frank Alwendi sollte die Werksprodukte in China vorstellen, auch die Staaten waren sehr interessiert. Der Manager war durch seine Kompetenz, sein Benehmen und Aussehen bestens geeignet dafür. Ach ja, Angelika war die Tochter vom Chef, das musste ich noch erwähnen. Aber ich finde auch, dass Frank gut aussieht. Ich dürfte wirklich keinen Polizeibericht schreiben.

Ein lange vergessenes Urlaubsbild sorgte dann für schlechte Laune. Ein Strandbild mit Svenja, das vor etwa drei Jahren an der Ostsee aufgenommen wurde. Angelika und Frank waren seit zwei Jahren ein Paar. Svenja war eine Urlaubsduselei. Nur, auf dem Foto, war jetzt Ilona zu sehen, lediglich der Kopf, man wusste ja, was mit der Bildbearbeitung so alles möglich war. Zunächst war das Bild in den Netzwerken. Frank schaute nur gelegentlich hinein, aber die fast 2.600 User sahen und teilten es.

Die Wohnung wurde für den Einbau eines Kamins vorbereitet. Frank sicherte die Balkontür mit einem Kindergitter ab. Jetzt konnte die Tür offenstehen, ohne dass der kleine Paul, Angelikas Sohn, auf dem maroden Balkon in Gefahr kam. Frank sah, dass der Eisenträger fast durchgerostet war, jetzt wurde es höchste Zeit für Erneuerung.

Das manipulierte Urlaubsbild hing am anderen Tag an allen Bäumen in der Straße, klemmte an Autos, ja, es drang bis in die Firma vor, auch zu Angelika. Frank öffnete seine Seite im sozialen Netzwerk und sah die Bescherung. Das Konto war gehackt. Ilona führte praktisch einen Liebesdialog mit sich selbst in Franks Account. Löschen nutzte nichts mehr, der Schaden war zu groß.

Angelika trennte sich von Frank, die Firma kündigte fristlos mit dem Grund: **„Herr Frank Alwendi ist für die Firma Deg... und Co KG, Dresden, untragbar geworden.“**

Es begannen Depressionen bei Frank Alwendi, sozialer Abstieg und Geldnot, aber das Stalking ging weiter. Frank versäumte es einfach, die Kripo einzuschalten. Der ehemalige Top-Manager war am Ende.

...

Die ersten sonnigen Tage im April 2019. Ilona sonnte sich auf ihrem Balkon, es war Sonntag. Sie schlief ein, bemerkte den feinen Staub nicht, der von oben wehte, vom oberen Balkon. Dort nahm Frank eine Eisenstange der Monteure und drückte den maroden Balkon langsam und mit aller Kraft aus der Verankerung. Wie oben im Polizeibericht zu lesen war, konnte Kommissar Burkhardt nur einen traurigen Zufall erkennen und keine weiteren Spuren finden. Eine junge Frau war im falschen Augenblick am falschen Ort. Aber, ich muss es so sagen, sie war selbst schuld!

Das Medium

Mit täglich fünf Kunden rechnete Josefine Müller. Ihr Arbeitsraum im eigenen Haus in Pieschen war dunkel eingerichtet. Überall waren Kerzen und Symbole aufgestellt. Auf dem runden Holztisch stand eine Glaskugel. Rechts daneben lagen Karten. Josefine war Medium. Ihre Kunden konnten Fragen stellen, Josefine stellte einen Kontakt zur geistigen Welt her und Antworten standen sofort an. Es ging so schnell, dass Josefine erst gar nicht auf die Idee kommen konnte, irgendetwas zu manipulieren. Kunden stellten auch oft nur Testfragen, aber bei richtiger Interpretation hatte Josefine eine Trefferquote von 98 Prozent. Josefine Müller war verheiratet und Mutter eines Sohnes. Bereits in ihrer Jugend sah sie außergewöhnliche Bilder vor ihrem geistigen Auge. Ungewöhnlich war auch, dass metallische Teile von ihrem Oberkörper regelrecht angezogen wurden und kleben blieben. Heute gab sie ihre Wahrnehmungen gern, gegen einen wirklich kleinen Beitrag, an ihre Kunden weiter. Irgendwie muss sie den richtigen Weg gefunden haben, denn ihre Kundenzahl wuchs und wuchs.

Ihr Mann Norbert und ihr Sohn Max haben eine ganz besondere Leidenschaft, die Josefine nur bedingt teilte. Zum einen war es eine riesige Autorennbahn auf dem ausgebauten Dachboden; Favorit von Max war dabei der Ferrari von Michael Schumacher. Außerdem sammelten beide „Männer" im Haus noch Compact-Cassetten. Max war ganz besonders angetan von Abenteuer-Kassetten. Der Vater sammelte die ersten Bänder der Welt ab dem Jahr 1963, PHILIPS, SONY, TDK, BASF und was es da noch so gab.

Heute kam per Post wieder ein Päckchen mit zwei Kassetten. Max war noch in der Schule und Norbert in der Firma. Josefine nahm das Päckchen entgegen und packte es aus, um die beiden Bänder auf den Mittagstisch zu legen. Die Kassetten stammten von einem Händler nahe Hannover. Das Mittagessen brauchte noch etwa vierzig Minuten.

Josefine setzte sich auf den Küchenstuhl, nahm eine Kassette in die Hand und schloss die Augen. Es war eine Jugend-Kassette, Fünf Freunde, aus dem Jahr 1975. Allmählich sah Josefine verschwommene Bilder, dann wurden sie schärfer und schließlich sogar farbig. Sie sah, wie der kleine Bernd fröhlich aus Papas neuem Audi 100 stieg und in sein Zimmer stürme. In der Hand hielt er die brandneue Hörspiel-Kassette. Bernd legte die Kassette sofort in seinen Compact-Cassetten-Recorder ein. Ganz gespannt saß er nun auf seinem Bett und hörte die Geschichte von der Schatzinsel, auf der fünf Freunde ihre Erlebnisse hatten. Bernd hörte nicht, dass seine Mutter bereits zum vierten Mal zum Essen gerufen hatte. Plötzlich ging die Kinderzimmertür auf und da stand Mutter nun.

Na, dachte Josefine: „Das ist ja wie bei Max so. Es wiederholt sich doch alles im Leben." Josefine stand auf und holte den Braten aus dem Ofen, in zwanzig Minuten würden ihre Männer eintreffen. Sie setzte sich wieder an den Küchentisch und betrachtete die andere Kassette. „Oh, endlich mal etwas für mich, ‚Twist im Star Club', eine Philips Kassette aus dem Jahr 1965", sagte Josefine so vor sich hin. Wieder sah Josefine alles ganz deutlich. Die Musik spielte sehr laut. Zigarettenrauch machte das Wohnzimmer nebelig. Sie sah einen Wohnzimmerschrank in Palisander. Der Fernseher zeigte Schwarzweiß-Bilder. Darüber hing ein Kalender, der das Jahr 1966 anzeigte.

Josefine sah alles aus den Augen einer auf der Couch sitzenden Person. „Gefällt dir die Kassette, Kurt?", fragte diese Person. „Ja, ganz toll!", antwortete dieser Kurt. „Ich hole noch schnell Zigaretten vom Automaten! Lass' uns dann das Tanzbein schwingen!" Auf dem Tisch standen ein Käse-Igel und diverse Flaschen, wie Wein und Wodka. Ein Mann kam in den Raum, die Zigarette in der Hand, er war wohl angetrunken, hatte auffällige Tätowierungen am Arm. Er setzte sich ebenfalls auf die Couch. „Komm', Mädchen, sei nicht so zickig!", lallte der Mann. Für die Person, aus dessen Sicht Josefine alles sah, wurde es nun sehr ungemütlich.

Es handelte sich um Beate Kramer aus Hannover. Josefine sah sogar ihren Ausweis, als Beate in ihrer Handtasche den Lippenstift suchte. Der Mann vergewaltigte Beate und erschlug sie dann mit der Wodka-Flasche. Überstürzt lief der Mann aus der Wohnung. Im Hausflur begegnete er Kurt, der aus dem Automaten um die Ecke Zigaretten gezogen hatte. „Na, Gerd, wieder zu tief ins Glas geschaut? Ich habe heute Besuch von meiner neuen Flamme Beate!", sagte Kurt. Wortlos verließ Gerd das Gebäude.

...

Josefine bekam einen Weinkrampf und sie schrie laut. „Schatz, was ist passiert!", fragte ihr Mann Norbert, der soeben in die Küche kam. Max kam hinzu. „Max, gehe bitte in dein Zimmer, hier ist deine Kassette, Mami hat sich wohl am Kochtopf verbrannt", sagte der Vater zum Sohn.

Stunden später machte Josefine eine Aussage bei der Kripo Dresden. Kommissar Wolfgang E. Burkhardt kümmerte sich persönlich um diesen interessanten Fall. Hin und wieder schaute er in sein Horoskop, aber er wartet immer noch auf die angekündigte Million.

Kommissar Burkhardt nahm Kontakt mit den Kollegen in Hannover auf. Dort wurde im Keller nach den alten Akten gesucht und sogar gefunden. Der Mord wurde nie aufgeklärt. Jetzt endlich konnten die Beamten aus Hannover mit Hilfe von Kommissar Burkhardt aus Dresden den Fall aus dem Jahr 1966 eventuell lösen.

Was war also passiert?

Kurt Degenhardt war zwar der Hauptverdächtige, aber seine Fingerabdrücke passten nicht zur Mordwaffe, der Wodka-Flasche. Kurt war beim Anblick seiner zukünftigen Frau so geschockt, dass er die Begegnung mit Gerd im Hausflur völlig vergaß. Jetzt wurde der mittlerweile 70-jährige Kurt Degenhardt noch einmal vernommen und nach einem Mann mit auffälliger Tätowierung auf dem Arm gefragt.

Er erinnerte sich an seinen Nachbarn Gerd Segmüller. Mord verjährte nie. Intensiv ermittelte Kommissar Burkhardt mit seinen Kollegen nun und klärte den Fall tatsächlich noch auf.
Der 75 Jahre alte Gerd Segmüller wurde gefasst, verhört und verhaftet.

Josefine erholte sich nur langsam von dem Erlebnis. Sie war noch lange in Behandlung. Ihre Gabe, Medium zu sein, verlor sie.

Die Uhr tickt

Der ins Alter gekommene Rechtsanwalt Heinrich Böllinghausen aus Dresden Johannstadt bot seinen Mandanten und Freunden einen besonderen Service an. Böllinghausen hatte so gut wie keine Aufträge mehr, was ihm völlig egal war, denn er war bestens abgesichert. Es scheint so, als gäbe es rund um Dresden, zumindest in Johannstadt, keine Aufträge mehr, keine Morde, keine Diebstähle, alles ist gut und positiv. Gern saß er aber in seinem Büro, las die Tageszeitung und genoss um 12 Uhr 30 sein Mittagessen im Restaurant „Zum Krug". Sein Safe war nicht mehr gefüllt, keine Akten waren mehr zu archivieren, alles war entsorgt. Gegen einen kleinen Beitrag von zehn Euro im Monat, konnten jetzt ehemalige Mandanten und Freunde einen Schuhkarton mit ihren Habseligkeiten darin deponieren. Es waren schon Bargeld und Schmuck deponiert. Böllinghausen war ja immer vor Ort, sogar an vielen Wochenenden, es erwartete ihn zu Hause auch niemand mehr. Die beiden Söhne hatten ihre Kanzlei in Leipzig und Chemnitz; und seine Frau war seit nun genau 8 Jahren verstorben. „Mein Name ist Mike Gehldorf, es empfahl Sie Herr Gerhard Wenninger, er war einmal Mandant bei Ihnen. Es ging um Erbrecht und so", Herr Gehldorf, ein etwa 35 Jahre alter und gepflegter Mann stellte sich bei Rechtsanwalt Böllinghausen vor. „Das ist ja nett, aber ich praktiziere nicht mehr", sagte Böllinghausen. „Nein, nein, ich möchte etwas bei Ihnen deponieren. Ich bin Goldschmied, müsste täglich an meine Sachen. In meinem neuen Geschäft wird erst in etwa drei Wochen ein Tresor eingebaut!" Beide einigten sich auf eine Aufbewahrungszeit von maximal vier Wochen. Gehldorf prüfte eingehend den Safe und die Kanzlei. Zwei Straßen weiter wartete Dirk Bosner auf Mike Gehldorf in seinem alten angerosteten Golf. Gehldorf im gepflegten Zwirn in einem in die Tage gekommenen Golf? Nun, sie und zwei weitere Männer hatten es lediglich auf Böllinghausens Tresor abgesehen, mehr nicht. Eine erfahrene Verkäuferin aus einem Bekleidungsgeschäft hätte sofort die abgewetzten Stellen an Jackett und Hemd bemerkt.

Für einen Goldschmied mit großen Umsätzen bestimmt nicht tragbar. Die beiden anderen in der Ganovenrunde kannten sich mit dem Bau von Bomben aus. „Die Tür zur Kanzlei ist leicht zu knacken. Am Nachmittag, vor unserem Bruch, lege ich die Haustür des Geschäftshauses lahm. Kurt, kümmere dich mit Toni um die Bombe. Wie habt ihr das eigentlich genau vor?", fragte Bosner. „Wir werden zwei Bomben bauen. Beide mit Zeitzünder, beide sind mit Atomuhren bestückt. Eine der Bomben wird an unserem Golf montiert und eine Straße weiter geparkt, mit der anderen sprengen wir den Safe", so Toni. „Klingt perfekt. Alle sind mit dem Auto beschäftigt. Ich habe uns einen BMW günstig erstanden. Bis zur Grenze in den Osten wird er es schon schaffen, er ist bereits vollgetankt, randvoll!", sagt Mike. Der große Tag kam, die bis ins Detail durchdachte Idee wurde umgesetzt.

Samstag, 17 Uhr: Bosner blockiert mit Zange und Schraubendreher die Geschäftstür. ... 17 Uhr 10: Gehldorf umkurvt den Block, bis er direkt vor dem Geschäftshaus einen Parkplatz für den BMW findet. Toni platziert bereits den Golf in der Nachbarstraße. Der Herbst zeigte seine dunklen Tage. ... Um 19 Uhr 40 betreten alle das Geschäftshaus. Tatsächlich ließ sich die Tür zur Kanzlei leicht aufbrechen. Die Bombe wurde am Tresor platziert. „Wie lange noch, Toni?", fragte Bosner. „Noch etwa acht Minuten, gehen wir in Deckung!", so Toni. Sie verschanzten sich im Nachbarraum. Hier standen schwere Metallregale mit alten Akten die auf den Reißwolf warteten. Drei, zwei, eins ... ein Knall war zu hören. Der Golf stand in Flammen. Die Bombe am Tresor versagte. Warum auch immer! „Los raus hier, nimm die Bombe mit, Toni!", schrie Bosner. Sie warfen sich in den BMW und kratzten die Kurve. „Verdammt, die Atomuhr hat den Kontakt zum Sender verloren, steht auf Sommerzeit! Verdammt!", ärgert sich Toni.

In den Nachrichten war zu hören: „Autobahn 17. In Richtung Liebstadt explodierte bislang aus unbekannten Gründen ein PKW. Die vier Männer kamen dabei ums Leben!"

ORDNUNG MUSS SEIN

Angelika Parker war eine attraktive Geschäftsfrau in Dresden. Zudem war sie auch sehr erfolgreich in Leipzig. Mit 36 Jahren schien sie nun auch den richtigen Partner kennengelernt zu haben.

Konrad war Geschäftsführer; nun, eigentlich Verkäufer; also, wenn man es ganz genau nahm, Lagerist. Aber er stellte sich überall als Geschäftsführer vor. Sein Aussehen und seine Visitenkarten waren schon ein echter Hingucker. Angelika war richtig verschossen in ihn. Es störte nur, dass Angelika für ihre Liebsten so wenig Zeit erübrigen konnte. Denn auch Ella Mops kam viel zu kurz. Gassi-Gehen erledigte die Hausangestellte Giesela, Giesela Gresch. Die Mopshündin war sehr glücklich darüber und bedankte sich damit, dass sie heruntergefallenen Abfall aus dem ganzen Haus in die Küche bis vor den Mülleimer trug.

„Gehen wir heute noch zum Griechen?", fragte Konrad. „Du, Conny, sei mir nicht böse, ich muss dringend die Geschäftsbücher durcharbeiten. Geh' du nur, vielleicht komme ich noch nach.", erwiderte Angelika. Konrad stieg in seinen Jaguar und brauste los. Angelika schenkte ihm den Wagen im letzten Monat. Konrad sprach von festen Geldanlagen für beider Zukunft, da konnte er sich einen neuen Nobelwagen wohl angeblich nicht leisten. Und einen Kleinwagen wollte Angelika nicht vor ihrer Villa stehen sehen. „Hey Conny, wo ist denn deine Superbraut?", tönt es Konrad beim Griechen entgegen. „Sie hat wie immer zu tun. Ist Susi heute hier?" Konrad schaut sich angeregt um. In Mini und mit tiefem Ausschnitt stand Susi schließlich vor Conny. „Ach ich bin hin und hergerissen von dir. Für dich würde ich alles tun.", schwärmte Conny. „Wir werden sehen, Conny, ob du das wirklich tust.", sagte Susi und schaute Conny tief in die Augen. „Meine Schwester hat Recht, Conny. Langsam müsstest du dich doch entscheiden, oder? Meine Schwester ist immer für dich da. Deine Vorzeigedame ist doch trostlos.", redete Toni auf Conny ein.

„Hast ja Recht, aber ohne sie komme ich mit meiner Kohle nicht klar.", redete Conny Klartext.

Am nächsten Tag fuhr Conny zu Angelika. Er wollte etwas sagen, da unterbrach Angelika: „Conny, begleite mich morgen bitte nach Leipzig. Im Tresor lagern Diamanten und Bargeld in mehreren Millionen. Ich habe mich von meinem Juweliergeschäft in der City getrennt. Allein wollte ich auch nicht zur Bank." Conny schaute Angelika überlegend an. „Conny? Bist du hier?", lachte Angelika. „Oh ja, entschuldige bitte, natürlich begleite ich dich. Ich fahre jetzt zu mir, tanke den Jaguar und lege mich hin, dann bin ich morgen fit!", sagte Conny erschrocken. Als angeblicher Geschäftsführer hatte Conny ebenfalls einen Koffer in Angelikas Tresor deponiert, so kannte er den Code.

Statt in seine Wohnung zu fahren, fuhr Conny zum Griechen. „Susi ist nicht hier, Conny", sagte Toni. „Ich will auch zu dir, Toni, hast du Zeit?", fragte Conny. An einem abgelegenen Tisch schmiedeten beide einen Plan. Um Mitternacht brach Toni einen älteren Golf auf. „Hier die Walther Pistole, Conny. Vergiss nicht, sie abzuwischen und sie in ihre Hand zu legen. Ihre Fingerabdrücke müssen deutlich zu sehen sein.", erklärte Toni und fuhr fort: „Wer weiß noch von den Diamanten und der Kohle?" „Niemand, nur ich.", antwortete Conny. Am Tatort angekommen, schloss Tony leise die Tür auf. Angelika saß noch mit einem Glas Wein am Schreibtisch. Lilly Mops lag im Körbchen. Der Kamin brannte langsam aus. „Nanu, Conny, ich dachte du schläfst bereits?", sagte Angelika. „Ich wollte dich heute Abend nicht alleine lassen.", flüsterte Conny und ging um den Schreibtisch herum auf Angelika zu. Er wollte ihr gerade einen Kuss auf die Wange geben, da zog er die Walther und schoss erbarmungslos in ihren Kopf. Die Waffe ließ er zu Boden fallen. Toni sah alles vom Fenster aus, er schlug die Scheibe ein und öffnete das Fenster. Danach rannte er zum Golf. Conny gab den Zahlencode im Tresor ein und nahm alles heraus, was er finden konnte. Den Golf versteckten sie in der Dresdner Heide.

Der Jaguar war nicht weit entfernt geparkt. „Hast du an die Fingerabdrücke gedacht?", fragte Toni. „Um Gottes Willen, ich hab's vergessen!", jammerte Conny. „Mist. Dann ändern wir den Plan. Setz' mich an deiner Wohnung ab. Ich teile schon die Beute. Fahr du zurück, wisch' die Waffe ab und drücke sie ihr in die Hand.", befahl Toni. Conny fuhr los. Zwei Straßen vor Angelikas Haus parkte er. Er schloss die Tür auf. Alles schien gut zu laufen. Er stürmte zum Schreibtisch. Aber die Waffe war verschwunden. Conny suchte alles ab. Er fand sie nicht. Erfolglos verzog er sich.

Am nächsten Morgen öffnete Giesela die Haustür. Ella Mops wimmerte fürchterlich. „Ich bin ja da, Ella Mops. Jetzt gehen wir unsere Hunderunde!", rief sie. Im Wohnzimmer erschrak sie fürchterlich. Sie sah ihre Arbeitgeberin blutüberströmt am Schreibtisch. Sie rief die Polizei. Die Polizei, unter der Leitung von Kommissar Wolfgang E. Burkhardt, untersuchte alles. Burkhardt sagte zu Giesela Gresch: „Frau Gresch, gehen Sie mit dem Hündchen erst mal zum Pipimachen. Wir haben hier noch zu tun." Giesela kümmerte sich nun um Ella Mops. Sie ging in die Küche, da lag der Mops. Reinlich wie er war, hatte er die schwere Waffe bis zur Mülltonne geschleppt, so wie Ella Mops alles Heruntergefallene dahin brachte. „Herr Kommissar! Herr Kommissar!", rief Giesela. „Kommen Sie schnell in die Küche!" Der Rest war für die Kripo ein Kinderspiel, denn die auf der Waffe gefundenen Fingerabdrücke waren ja im ganzen Haus zu finden.

„Tja, meine Herren Kollegen, wieder ein gelöster Fall!", rief Burkhardt in die Runde beim Mittagstisch. Übrigens gab es wieder Semmelknödel von Kantinenchef Hubert

DREI FREUNDINNEN AUF GANOVENJAGD

Wie immer war es im Wartezimmer von Dr. Lorenz in Dresden sehr voll. Beate musste eigentlich nur ihr Rezept abholen, aber auch diese Aktion dauert länger. Zu ihren beiden Freundinnen sagte sie: „Wartet doch bitte vor der Praxis auf der Bank. Das Wartezimmer ist oft überfüllt und bei diesen heißen Temperaturen ist es besser so." „Ist ok!", sagte Iris. Beide holten ihr Smartphone heraus und surften im Internet. Nach dem Abholen des Rezeptes wollten die drei 16-jährigen Freundinnen noch in die Eisdiele.

Beate hatte Glück, nicht etwa, dass sie das Rezept sofort erhielt, sie bekam noch einen Sitzplatz. „Guten Morgen!", sagte Beate fröhlich. Der Gruß wurde verhalten erwidert. Über das Smartphone gab sie ihren Freundinnen gleich Bescheid, wie der Stand der Dinge ist. Nun schaute sie sich in der wartenden Runde um. Die jüngere Generation hatte den Kopf leicht nach unten gerichtet, mit Blick auf Smartphone und Co., die ältere Generation unterhielt sich untereinander und zeigte voller Stolz das edle Geschmeide aus Gold, Silber und Perlen. Wie sich alles so geändert hatte. Beate wäre gar nicht auf diese Gedanken gekommen. Ihr Opa brachte sie darauf. „Früher war alles anders.", sagte er. „Früher konnten wir noch direkt miteinander sprechen. Und wenn wir zum Herrn Doktor mussten, dann wurden die Schuhe gut geputzt.", so Opa weiter. Beate schaute noch einmal in die Runde. Oma Wuttke trug Schlappen, die kannte Beate noch aus der Straße, in der sie als Kind wohnte. Vielleicht waren es sogar diese Schlappen? Oma Wuttke ist ganz schön auseinander gegangen. Etwas anderes als Schlappen konnte sie nicht mehr anziehen. Die junge Generation, auch Beate, trug Turnschuhe. Die ältere Generation doch schon geputzte Schuhe oder Schlappen eben. Beate schaute sich die wartenden Patienten an, weil sie sich gerade an ihren Opa erinnerte. Aber einer war unter den Patienten, der passte nicht ins Bild. Er richtete sein Smartphone immer wieder auf ältere Patientinnen und sprach dann mit jemandem am anderen Ende. Es gab dann immer ein „ok?" oder „ok!".

Er saß Beate genau gegenüber. Sollte er das Smartphone auf Beate richten, so würde Beate Einspruch erheben, denn fremde Menschen darf man nicht fotografieren.

„Frau Müller ist die Nächste! Bitte Zimmer 2!", ertönte es aus dem Lautsprecher. Frau Müller, verwitwet, besaß bis vor 8 Jahren das Juweliergeschäft in Dresden-Johannstadt. Mit Schmerzen stand sie auf und verabschiedete sich von ihren Sitznachbarinnen. Drei weitere Patienten bekamen ihre Rezepte ausgehändigt. 2 neue Patienten nahmen Platz. Eine trug eine riesige Goldmünze an einer Goldkette. Sofort zückte der für Beate verdächtige junge Mann sein Smartphone und fotografierte sie. Ein „ok!" kam aus dem Lautsprecher. Das war für Beate doch nun höchst verdächtig. Sie tat so, als würde sie ihre Freundinnen kontaktieren. Richtete das Smartphone in einem günstigen Moment auf die verdächtige Person und schoss ein unerlaubtes Bild.

„Herr Grompe bitte in Zimmer 1! Und der kleine Max kann mit seiner Mutter schon vor dem Zimmer 2 warten!", ertönte es wieder aus dem Lautsprecher. In diesem Augenblick kam Frau Müller aus dem Behandlungszimmer und fragte an der Rezeption nach einem neuen Termin. Jetzt stand der Verdächtige, aus Beates Sicht, auf und verließ die Praxis. Frau Müller verließ ebenfalls die Praxis.

Zwei neue Patienten betraten im selben Augenblick die Praxis. Plötzlich hörten Beate und andere Patienten einen Hilferuf. „Hilfe! Hilfe! Ein Dieb!" Zweimal rief jemand diesen Hilferuf. Das Personal lief sofort aus der Praxis, gefolgt von Patienten. Plötzlich konnten auch die wieder gehen, die vorher stark gehumpelt haben.

Beate aber kombinierte. Sie schickte ihren Freundinnen, die immer noch vor der Praxis auf der Bank warteten, das Bild des Verdächtigen. „Wenn der aus der Praxis kommt, dann verfolgt ihn unauffällig. Sagt mir dann immer wo ihr gerade seid. Ich rufe die Polizei.", rief sie ins Smartphone.

Tatsächlich kam der Verdächtige aus dem Ärztehaus gestürmt. Jetzt ging er mit schnellen Schritten auf den naheliegenden Bahnhof zu. Die beiden 16-jährigen Luise und Iris folgten ihm. „Beate, er läuft auf den Bahnhof zu!", schrie Luise ins Smartphone. Beate rief schon die Polizei. Nun rief sie nochmals an: „Kommen sie bitte nicht zur Praxis. Fahren Sie zum Bahnhof. Meine Freundinnen verfolgen den Dieb." Die Polizei fuhr mit zwei Streifenwagen aus. Der eine fuhr zur Praxis, der andere zum Bahnhof.

Der Dieb überlegte wohl nicht lange. Er sprang in den abfahrenden Zug nach Pirna. Sollte er es bis Schöna schaffen, dann ist er über alle Berge. Luise fotografierte den Einstig und den Abfahrtsanzeiger. Sofort gab Luise die Bilder per WhatsApp an Beate. Beate leitete die Bilder sofort an die Polizei weiter.

In der Zwischenzeit waren Polizei und Krankenwagen vor Ort. Frau Müller hatte Schürfwunden. Sie bekam kein Wort heraus. Alle anderen bemerkten den jungen Mann nicht und konnten nur wenig aussagen. „Eine Jeans trug er, dazu ein rotes Shirt." „Nein, blau war es mit weißen Sportschuhen." Mit diesen Angaben hätte die Polizei natürlich nichts anfangen können. Die Bilder der Mädchen waren jetzt Gold wert. Der Streifenwagen am Bahnhof Dresden setzte mit Blaulicht seine Fahrt in Richtung Pirna fort.

Geistesgegenwärtig und aufgrund seiner langen Berufserfahrung fuhr Kommissar Burghardt in seinem schnellen AMG V12 mit Blaulichtaufsatz bereits nach Pirna. Der Zug traf ein. Über Funk ordnete Kommissar Burkhardt an, dass die Zugtüren verschlossen blieben. Kommissar Burkhardt erkannte den Ganoven sofort … ging ganz zielstrebig auf ihn zu und überwältigte ihn mit einem Ju-Jutsu-Griff, den er in der Polizeischule Bork, erlernt hatte.

Übrigens lernte Wolfgang Burkhardt in Bork, in der Nähe von Lünen, auch das bekannte Sylter Autorenpaar Renate und Uwe H. Sültz kennen.

Beate, Iris und Luise wurden in der Praxis gefeiert und bekamen eine hohe Belohnung von Frau Müller. Sie lässt jetzt ihren Schmuck doch lieber im Tresor.

DER LETZTE TEE

Nun saß er in seinem geliebten Lehnstuhl, trank dabei einen heißen Tee. Earl Grey war sein Lieblingstee, so wie er jeden Tag von Josefine, seiner Hausangestellten serviert wurde. Seinen Blick richtete er auf den Elbe. Er sah vor seinem dritten Auge auf seine Yacht, einige Million Euro an Wert, am Edersee. Der Garten des herrlichen Anwesens war wunderbar gepflegt. Der Duft der Rosen drang bis zu ihm und ließ den Tee noch besser schmecken. Ein Mann, der in seinem Leben alles erreicht hatte, 67 Jahre alt, eine schöne Zeit wartete noch auf ihn, auf Herrmann Degrothe.

Sein Imperium rund um Dresden baute Degrothe mit eiserner Hand auf. Sehr schnell ging es bergauf, er diktierte wo es langging. Mit seiner ersten Frau Sonja hatte Herrmann Degrothe zwei Kinder, Frank und Georg. Schon sehr früh erklärte er ihnen den Erfolgsweg des Geldes. Degrothes Ehefrau Sonja hätte die Söhne lieber auf den Weg der Güte, der Liebe und der Ehrlichkeit geschickt. Aber Herrmann setzte sich durch.

Nun saß also Herrmann Degrothe vor dem geöffneten Fenster, trank seinen Tee und erfreute sich an den Rosen, nein, er erfreute sich an seiner Macht. „Macht, die er auf Geschäftspartner, auf Angestellte, ja, sogar auf seine Familie ausübte." So schrieb es Sonja in einem Abschiedsbrief, den sie Barbara, Herrmanns jetziger Ehefrau, heimlich zukommen ließ. Sonja merkte schon frühzeitig, dass Herrmann ein Auge auf ihre Schwester Barbara geworfen hatte.

Herrmann Degrothe hatte von Anfang an vor, dass Sonja nur Kinder gebären sollte, am besten vier Jungen. Nach dem zweiten Kind ließ sich Sonja sterilisieren, das war ihr Todesurteil. Systematisch tyrannisierte Herrmann seine Frau. Jeder Tag wurde für Sonja zur Qual. Frank und Georg wurden angehalten, mehr aus den Geschäften herauszuholen. Für einen Hungerlohn zwang ihr Vater sie, erfolgreich zu sein und zu betrügen.

Am Anfang des Geschäftslebens, als Sonja noch an Liebe dachte, schien alles gut zu laufen. Beide schrieben frühzeitig ihr Testament. Übertrugen alles gegenseitig. Herrmann war auch noch einverstanden, dass im Falle eines Versterbens von beiden, die zwanzig Jahre jüngere Barbara als Erbin eingesetzt würde. Das lag nun bereits vierzig Jahre zurück.

Vor drei Jahren kam Sonja bei einem Unfall ums Leben, zumindest stand es so in den Polizei-Akten. Das Ehepaar Degrothe kam auf ihrer Jacht auf dem Edersee in ein Unwetter, Herrmann kehrte allein zurück. Spekuliert wurde bis heute.

Barbara kam zur Trauerfeier aus Rom in das Haus ihres Schwagers nach Dresden. Ihre kleine Wohnung konnte sie ohne weiteres ein, zwei Wochen allein lassen. Anhang hatte die hübsche junge Frau nicht. Sie trauerte im Haus der Degrothes. Bereits am zweiten Tag veränderte sich Barbara. Sie wurde schlapper, lustloser und müder. Herrmann war sehr zuvorkommend, verwöhnte sie mit köstlichem Tee. Die junge Frau ahnte nicht, dass sie mit Drogen vollgepumpt wurde. Bereits nach drei Monaten zwang Herrmann sie zur Heirat. Völlig willenlos sagte Barbara leise „Ja" zum Standesbeamten. Man könnte denken, das damals verfasste Testament ließe sich doch einfacher aus dem Weg räumen. Nein, daran dachte Herrmann nicht mehr, er wollte die junge Frau als Eigentum, als Hörige.

Mittlerweile flüchteten Frank und Georg aus den Firmen und der Macht des Vaters. Dem Druck hielten sie nicht mehr stand. Frank erfuhr, dass bei einem Immobiliengeschäft sein Vater einen Mitkonkurrenten aus dem Weg räumen lassen hatte. So gierig wurde Herrmann Degrothe im Laufe der Zeit. Heute arbeitet Frank als Buchhalter in der Marienberger Straße, Georg als Steuerberater, ebenfalls in der Marienberger Straße. Beide brauchen die Nähe zueinander. Verständlich, bei dem was ihnen angetan wurde. Sie treffen sich jeden Sonntag in der Bethlehemkirche und beten für ihre verstobene Mutter.

Barbara ereilte eine Hautallergie, eine unangenehme Sache, denn es juckte schrecklich. Geistesgegenwärtig stellte sie ihre Nahrung um. Von nun an trank Barbara viel Wasser und aß nur trockenes Brot.

Nach vier Wochen fühlte sie sich wie neu geboren. Herrmann verwöhnte sie wieder mit Tee, in den er die Drogen mischte. Nur durch Zufall bemerkte Barbara das Röhrchen mit dem weißen Pulver. Gab es noch mehr davon? Barbara durchsuchte das Haus. Sie wurde fündig. Das Pulver schmeckte leicht bitter, außerdem hatte sie ein betäubendes Gefühl auf der Zunge. Was sollte Barbara nun tun? Neuerdings war die Eingangstür verschlossen, vor den frei herumlaufenden Rottweilern im Garten hatte sie Angst.

Josefine war ihre Rettung. Barbara wollte ihr eine Nachricht zukommen lassen. Sie setzte sich an den Schreibtisch ihrer verstorbenen Schwester, suchte Papier und Schreiber. Eine Kopie des Testaments lag unter allen Papieren, sowie eine Nachricht an Barbara:

Wenn du das liest, liebe Schwester, dann bist du so verzweifelt, wie ich es war. Ich wollte einen Abschiedsbrief schreiben, dachte dann aber, warum soll ich mein Leben opfern. Ich wollte das Schwein umbringen...

Die ganze Lebensgeschichte war notiert, alles, aber auch wirklich alles kam ans Tageslicht. Aber, der letzte Satz war beängstigend:

Geh' nicht zur Polizei, das Schwein lässt dich umbringen, er hat Mittelsmänner. Er ließ mich auch ständig überwachen. Bring das Schwein um und lebe mit dem Vermögen mit meinen geliebten Söhnen in Frieden. Bitte spende etwas an ‚Frauen in Not' und ‚Menschen mit Drogensucht', du wirst es schon richtig machen. Hinter dem Schreibtisch findest Du Gift.   *Deine Schwester Sonja*

...

Herrmann saß immer noch auf seinem Lehnstuhl, blickte auf die Rosen, genoss seinen Einfluss und seine Macht. Langsam schloss er die Augen, das Gift wirkte. Dieses Mal hatte er etwas im Tee. Dr. Haber stellte lediglich einen Herzinfarkt fest. Der Fall wurde zwar schnell von Kommissar Burkhardt zu den Akten gelegt, aber was sich hinter den Kulissen abgespielt hatte, welche Tragöde dahintersteckte, ahnte niemand.

Unaufgeklärt? Gibt es bei mir nicht...

„Mein Name ist Burkhardt, Wolfgang E. Burkhardt, mein Dienstgrad ist Polizeihauptkommissar. Das E steht übrigens für Egbert, aber das tut nichts zur Sache. Ich bin verheiratet. Im Reihenhaus in Dresden wohnen wir bereits 8 Jahre. Es ist nicht weit zu Aldi und Penny. Vor Dienstbeginn kann ich im naheliegenden Schwimmbad noch ein paar Bahnen schwimmen. Man wird ja nicht jünger. Manche Ganoven werden aber wohl immer jünger. Da muss man schon mal einen Sprint hinlegen, um den Typen zu stellen. Nun ja, soviel zu meiner Person. Und machen sie sich bitte nicht auch noch Lustig über meinen Namen, denn alle in der Dienststelle sagen hier „Burkhardt schnappt sie alle, hart und nicht herzlich!".

„Guten Morgen, Herr Kollege!", rief Holger Dreier, Kriminalkommissar. „Guten Morgen, Holger.", erwiderte Burkhardt. „Und? Fasst Burkhardt heute den Killer wieder hart, nicht herzlich?" „Nein, heute gibt es keinen, Dresden ist sauber. Erinnerst du dich noch an den Schabrowsky, Ulf Schabrowsky?" „Ja klar, dein Nachbar, seine Frau wurde doch erschossen." „ Ja, stimmt. Jetzt ist er vollständig gelähmt. Armer Kerl. Heute Abend wollen wir seine Wohnung ausräumen. Er ist völlig blank." „Na dann, viel Spaß, Wolfgang."

Was war damals passiert? In den Akten steht:

Ich, Kriminalkommissar Wolfgang E. Burkhardt, und Kriminalkommissar Holger Dreier wurden zum Tatort gerufen. Beim Eintreffen fanden wir eine geöffnete Haustür vor. Im Flur lag etwa 35 jähriger Mann mit einer Schussverletzung am Kopf. Er war leblos. Auf der Treppe zur nächsten Etage lag eine blutüberströmte Frau. Es handelte sich um die Hausbesitzerin Helena

Schabrowsky. In der ersten Etage saß ihr Ehemann Ulf Schabrowsky auf einem Stuhl. Er stand unter Schock. In der Hand hatte er eine nicht registrierte Handwaffe.

Die weiteren Ermittlungen ergaben, dass nach Aussage von Ulf Schabrowsky, Ulf Schabrowsky durch ein lautes Geräusch wach wurde. Seine Frau schlief im zweiten Schlafzimmer.
Ulf Schabrowsky ist schwerbehindert und kann nur noch wenige Schritte gehen. Dies überprüften wir durch die vorgelegten Atteste. Ulf Schabrowsky nahm seine 9mm-Waffe, die nicht angemeldet war, ein Verfahren wurde eingeleitet, und schleppte sich in den Flur. Er sah eine Gestalt die Treppe heraufkommen. Ulf Schabrowsky rief nach seiner Frau und danach: „Stehen bleiben oder ich schieße!" Ulf Schabrowsky meinte ein Geräusch aus dem zweiten Schlafzimmer gehört zu haben, somit vermutete er seine Frau dort. Gleichzeitig schoss er. Sekunden später ertönte ein zweiter Schuss. Es musste sich also ein zweiter Täter in der Wohnung befunden haben. Die Suche nach dem zweiten Täter blieb erfolglos. Ulf Schabrowsky wurde nicht bestraft, er handelte, laut Richter, in Notwehr. Ein weiteres Verfahren wegen unerlaubtem Waffenbesitz steht noch an. Fall geschlossen.

Wolfgang E. Burkhardt

Nun, das liegt mittlerweile 8 Jahre zurück. Eheleute Burkhardt zog gerade frisch verheiratet in das Nachbarreihenhaus von Herrn und Frau Schabrowsky ein. Burkhardts Frau, konnte keine Angaben über die Schüsse geben. Sie und ihre Freundinnen trafen sich zum regelmäßigen Kegelabend.

Auf jeden Fall wird heute Abend die Wohnung von Ulf Schabrowsky geräumt. Um 17 Uhr war der Dienst der beiden Kriminalkommissare beendet. Wolfgang Burkhardt traf sich mit 5 Helfern aus der Nachbarschaft im Haus von Schabrowsky. Einige Möbel fehlten, eben das, was sich in einem Heim unterbringen lässt. Persönliche Dinge wurden auch schon geräumt, so dass die sechs Männer alles auf die Straße stellen konnten. Gegen 6 Uhr morgens würde dann der Sperrmüll alles entsorgen. Burkhardt war gerade mit dem ehemaligen Ehebett fertig. Es wurde in Einzelteile zerlegt und auf die Straße getragen. Ein Helfer hob die Kleiderschranktüren aus den Angeln, als beide einen metallischen Gegenstand hinter dem Schrank fallen hörten. „Was war denn das? Hat Ulf etwa hinter dem Schrank eine Leiche versteckt?", flachste Helfer Gerd. „Es hörte sich schon eigenartig an. Da fiel etwas Schweres.", sagte Burkhardt.
Die beiden zerlegten nun vorsichtig den Schrank. Brett für Brett. Nun die Hinterwand. Rums! Ihnen fiel ein Gewehr förmlich vor die Füße. Weitere Gegenstände lagen verstaubt auf dem Boden hinter dem Schrank. Burkhardt rief sofort seinen Kollegen Holger an: „Holger, ich bin es. Hast du Zeit?" „Ja, klar!" „Dann bringe bitte einen Kollegen mit. Ich habe in Schabrowskys Wohnung eine weitere Waffe gefunden."

Holger Dreier und Dirk Ahrens, der sich gerade im Dienst befand, fuhren zu Schabrowskys Haus. Die drei Beamten stellten alle Teile sicher. Da der Tatort bereits so gut wie leer geräumt war, konnten die anderen Helfer ihre Arbeit fortsetzen. Die Beamten fuhren zur Dienststelle. Alle gefundenen Gegenstände wurden auf einem Tisch ausgebreitet.

Es lagen nun auf dem Tisch: 1 Gewehr, Kaliber 8, diverse Kabel, 1 Infrarot-Kamera mit Halterung für das Gewehr, 1 selbstgebauter elektromechanischer Abzug, 1 Antenne, 1 Sendemodul, 1 Empfangsmodul für den Fernseher und ein altes Handy.

„Das glaube ich jetzt nicht. Dieser Fuchs.", sagte Kommissar Burkhardt. Auf das Gewehr steckten sie die Kamera, der originale Abzug wurde durch einen selbstgebauten elektrischen ersetzt, er löst per Funk aus. Der Sender überträgt das Signal der Kamera zu einem Fernseher. Ist die Person im Ziel, so löst man per Funk den Abzug aus. „Also hat Schabrowsky nicht nur seine Frau erschossen, sondern auch den Einbrecher. Vielleicht war es gar kein Einbrecher. Aber da waren ja Einbruchsspuren. Die könnte Schabrowsky auch selbst gemacht haben. Nein, es war so: Der Einbrecher öffnete die Tür, Schabrowsky sah ihn auf seinem Fernseher. Als er im richtigen Augenblick in Kimme und Korn stand, drückte Schabrowsky auf den Auslöser. Der Schuss traf den Einbrecher im Kopf. Danach nahm er die Pistole und erschoss seine Frau.", schlussfolgerte Burkhardt. „Tja, so wird es gewesen sein. Und warum? Ich werte mal die Daten auf dem Handy aus.", sagte Holger Dreier.

Nach einigen Stunden stand der Grund der Tat fest. Auf dem Handyspeicher war zu lesen: „Kannst jetzt kommen, mein Alter schläft, ich gab ihm Schlaftablette. Bin geil auf Dich. Tür ist offen."

Die Ermittlungen begannen aufs Neue, Mord verjährt nie. Nun, zuerst schien es so, als würde das Herz von Kommissar Burkhardt sprechen, doch nun wird der Fall wieder hart und nicht herzlich bearbeitet. Denn gegen Mörder hat Wolfgang E. Burkhardt etwas und gegen Doppelmörder erst recht! Aber er ist gerecht und fair, dieser Kommissar Wolfgang E. Burkhardt.

Die Tote in der Elbe

Jeden Morgen ging Horst Klinke mit seinem Golden-Retriever Gassi an der Elbe. An diesem Tag im Oktober regnete es. Randy, der Golden-Retriever, wurde ungeduldig, zog an der Leine, wollte wohl auf etwas aufmerksam machen. Es war so etwa in Höhe des Bootsverleihs. Auch wenn sich Horst Klinke noch so umschaute, er fand nichts in den Büschen oder auf den Booten. Bis auf … er sah am Elbufer einen Schuh schwimmen. Der könnte wohl von Deck gefallen sein. Oder auch nicht, denn etwas weiter sah er ein Kleidungsstück. „Morgen Horst, nach was hälst du denn Ausschau?", fragte Herbert Neumann, Motorboot-Besitzer. „Guten Morgen Herbert. So früh schon hier? Ich sehe dort etwas am Ufer.", antwortete Horst. Beide gingen den Steg entlang zu Herbert Neumanns Anlegeplatz. „Ach herrje! Da vorn… siehst du es? Eine Leiche.", sagte Herbert. „Ich rufe sofort die Polizei.", so Horst Klinke.

Es dauerte nicht lange, da standen zwei Beamte vor den Männern. „Guten Morgen die Herren. Mein Name ist Burkhardt, Wolfgang E. Burkhardt, aber das E tut nichts zur Sache, Kriminalkommissar, und das ist mein Kollege Holger Dreier, ebenfalls Kriminalkommissar. Eigentlich ist das Sache einer anderen Dienststelle, aber wir waren ganz in der Nähe. Was liegt an?", fragte Burkhardt. Holger Dreier rief: „Ich sehe das Problem schon. Gehört einem von ihnen hier ein Boot?" „Mir", antwortete Herbert Neumann. „Dann lassen sie mal ihr Beiboot ab.", so Kriminalkommissar Dreier. Burkhardt und Dreier stiegen in das Schlauchboot und steuerten die Leiche an. Sie zogen sie auf den Steg. „Mein Gott, so eine junge Frau. Ich rufe die Sanitäter und einen Leichenwagen.", ordnete Dreier an. Danach befragten die Beamten noch Herbert Neumann und Horst Klinke. „Was nun?", fragte Holger Dreier. „Ich denke, wir werden hier alles absperren und uns mit weiteren Kollegen jedes Boot vornehmen müssen.", so Burkhardt. Gesagt, getan. Schnell wurden die Anlegestellen auf der Elbe abgesperrt und 12 Beamte durchsuchten alle Boote.

Es dauerte nur etwa eine Stunde, da war ein Boot mit Blutspuren gefunden. Außerdem lag der zweite Schuh an Deck. „Na, den Fall werden wir schnell klären, nicht hart, sondern traurig, wenn ich so eine junge Frau sehe.", meinte Burkhardt. „Denke ich auch, denn Burkhardt schnappt immer den Mörder immer hart, gerade in diesem Fall, denn mir tut die junge Frau auch leid.", sagte Holger, ganz traurig.

Der Obduktionsbericht ergab, dass die junge Frau mit einem Messerstich getötet wurde. Es handelte sich um Carola M., 16 Jahre. Das Boot gehört Ernst Zschupp. Er ist Besitzer von zwei Waffengeschäften, in Dresden und in Glashütte. Die Beamten machten sich auf den Weg, um Ernst Zschupp zu befragen. Kriminalkommissar Burkhardt schellte an Zschupps Haustür. Ein völlig verstörter Mann öffnete die Tür und sagte: „Woher wissen sie davon?" Burkhardt stutzte und sprach: „Wovon sprechen sie? Sind sie Herr Zschupp, Herr Ernst Zschupp?" „Ja, der bin ich. Kommen sie herein meine Herren." Noch bevor die Kommissare ihr Anliegen vorbringen konnten, begann Ernst Zschupp zu reden: „Gestern kam ein Schreiben hier an, ich solle mich ruhig verhalten. Man hat meinen Sohn Peter gekidnappt. Keine Polizei, ansonsten ist er tot." „Zeigen sie uns bitte das Schreiben.", forderte Holger Dreier. „Sie fordern zwei Millionen Lösegeld und diverse Waffen.", las Dreier vor.

In Dresden wurde das Sonderdezernat **DR1** gegründet. Die Suche nach Fingerabdrücken blieb erfolglos, ebenfalls die Suche nach einem Absenderort. „Nun, dann wird es wohl einen Boten geben.", überlegte Holger Dreier. „Genau, Herr Gerber, verlassen sie eine Hausüberwachung, und das rund um die Uhr.", ordnete Wolfgang Burkhardt an.

Zwei Tage später gab es erste Resultate. Ein neuer Brief traf ein. Ein Beamter folgte dem Überbringer. Lediglich das Nummernschild konnte er sich merken, denn die LEXUS-Luxuskarosse war für den Beamten viel zu schnell. Wie zu erwarten war das Nummernschild gestohlen.

„Den hätte ich mit meinem AMG V12 geschafft.", flachste Burkhardt.
Der Brief wurde geöffnet:

Wir fordern zwei Millionen Euro und die Waffen, die auf der Rückseite aufgeführt sind. Der Treffpunkt ist in genau 48 Stunden auf dem Parkplatz der A17 Am Heidenholz. Parken sie vor der Behindertentoilette rechts neben dem weißen Transporter. Tauschen sie dann mit dem Fahrer die Autoschlüssel und befreien sie ihren Sohn. Ihr Sohn ist für uns kein loyaler Geschäftspartner gewesen. Er hat auch sie jahrelang hintergangen. Als illegaler Waffenhändler, war er in Ordnung, aber hätte niemals eine Affäre mit der Tochter unseres Geschäftspartners Wladimir M. anfangen dürfen. Vor allem hätte ihr Sohn Carola M. nicht umbringen dürfen. Alles Weitere wird ihnen die Polizei erklären können.

„Das sind ja Mafiamethoden!", rief Kommissar Burkhardt in die Runde. „Wir müssen uns vorbereiten.", sagte Holger Dreier.

Der Übergabetag stand an. Zwei Millionen Euro und die Waffen lagen in Zschupps schwarzer C-Klasse. Langsam steuerte er auf den Treffpunkt zu. Der Transporter stand dort bereits. Zschupp stieg voller Angst aus, aus dem Transporter stieg ein Mann im Overall mit Kappe. Sie tauschten die Wagenschlüssel. Mit quietschenden Reifen fuhr der Mann im Overall auf die Autobahn in Richtung Grenze. „Zugriff!", schrie Kriminalkommissar Riller ins Mikrofon. Ein Hubschrauber kam herangeschossen. Vier zivile Streifenwagen umzingelten den Transporter, selbst Kommissar Burkhardt setzte seinen getunten AMG V12 ein. Der Transporter wurde mit gezogenen Pistolen geöffnet. Darin lagen Wladimir M. und Peter Zschupp, aber sie waren tot. Ernst Zschupp brach zusammen.

In der Zwischenzeit fuhr die schwarze C-Klasse auf die Grenze zu. Der Hubschrauber hatte sie im Visier. Plötzlich bremste der Wagen ab und fuhr links ab in den Nasenbach Weg. Langsam fuhr der Wagen auf die Autobahnbrücke zu. Der Hubschrauber wartete ab, denn der Wagen war nun unter der Brücke. „Das ist eine Sackgasse, wir haben ihn gleich.", rief der Hubschrauberpilot.

Dann beschleunigte die schwarze C-Klasse und fuhr wieder zurück. Der Hubschrauber folgte. Nach vier Kilometern wurde die C-Klasse von Burkhardt und den Kollegen gestoppt. Der Wagen wurde eingekreist, die Beamten zogen ihre Waffen. Ängstlich stieg ein junger Mann aus dem Wagen und legte sich sofort auf den Boden. Er war Kurierfahrer und wurde gemietet. Einen Brief sollte er in Kassel übergeben, der unter der Autobahnbrücke übergeben wurde. Ebenfalls ist die C-Klasse zu übergeben. Der junge Mann wohnte im Heuweg, kam mit dem Fahrrad. Das Fahrrad stand noch unter der Brücke. Er konnte sich nur an einen alten OPEL CORSA in rot erinnern, sowie ein Mann mit Vollbart als Brief-Übergeber. Von der Beute, dem OPEL und dem Mann mit Bart fehlt jede Spur.

Im Brief stand:

Mit uns legt man sich besser nicht an!

Die Bande wird heute noch per Interpol gesucht. Mafiamethoden eben.

Die zweite Chance für Kommissar Burkhardt

„Herr Kollege Burkhardt, diese Nachricht soll an sie weitergeleitet werden.", ertönte es aus dem Telefon. „Herrn Ernst Tschupp ist folgendes aufgefallen. Sein Autoradio spielte auf der ersten Speichertaste immer Klassik. Nun ist eine Frequenz auf UKW von 107 MHz gespeichert, die Herr Tschupp nicht einprogrammiert hat. Er fragt, ob dies wichtig sei.", so der Beamte weiter. „Das könnte von Bedeutung sein, aber ich weiß es nicht.
Auf jeden Fall merke ich mir diese Aussage.", antwortete Kommissar Wolfgang E. Burkhardt.

...

Wochen später erreichte die Dienststelle in Dresden eine Anfrage aus München. „Hier ist Kriminalkommissar Kiermayr aus München. Unser Computer spuckte die Info aus, dass eine Waffe aus dem Raum Dresden bei uns als Tatwerkzeug benutzt wurde. Ich faxe mal die genauen Daten. Vielleicht können wir uns zügig kurzschließen." „Ich leite Ihre Anfrage weiter, Herr Kollege.", so der Beamte in der Dienststelle Dresden.

Die Beamten und Freunde Wolfgang und Holger beschlossen, direkt nach München zu fahren und Kontakt mit dem Kollegen Kiermayr aufzunehmen. In der Münchner Dienststelle besprachen sie gemeinsam den Fall. „In der Beethoven-Straße wurde ein Juwelier überfallen. Er löste den Alarm aus. Bereits zum vierten Mal wurde er von diesen Männern überfallen. Sie stahlen Bargeld, Goldvorräte und Diamanten. Wir waren mit fünf Einsatzwagen schnell vor Ort. Es kam zum Schusswechsel. Ein Täter wurde vor Ort erschossen. Der andere wollte mit dem Juwelier als Geisel flüchten. Wir schossen auf die Reifen. Der Täter wollte zu Fuß flüchten. Wir stellten ihn. Dem Juwelier fiel auf, dass aus dem Autoradio der Befehl kam, dass der Täter in das Parkhaus fahren sollte.", sagte Franz Kiermayr. Wolfgang Burkhardt fragte sofort: „Wo steht das Tatfahrzeug? Ich möchte es sehen."

Kurze Zeit später konnten die Kommissare aus Dresden den Wagen untersuchen. „Wir haben uns alles gründlich vorgenommen.", sagte Franz Kiermayr. „Das glaube ich, aber ich möchte nur das Radio einschalten.", so Burkhardt. Und weiter: „107 MHz, dachte ich es mir doch, wie im Mercedes von Herrn Zschupp." „Ist das von Bedeutung?", fragte Kiermayr. „Ja, ich habe mich schlau gemacht. UKW-Transmitter haben eine Reichweite von etwa zwei Metern außerhalb des Autos. Sie sollen ja nur MP3-Musik vom eigenen Musik-Stick auf das eigene Autoradio übertragen. Illegale Transmitter arbeiten bis zu 300 Metern Entfernung. Lasst uns zum Tatort fahren.", schlug Burkhardt vor.

Am Tatort vor dem Juweliergeschäft angekommen, schaute sich Kriminalkommissar Burkhardt um. „Nur vor dem Geschäft gibt es Parkplätze. Davor und dahinter sowie auf der anderen Straßenseite darf nur gehalten werden. Wer vier Mal den Laden ausräumt, der kennt die Gewohnheiten des Juweliers. Ich schlage Wohnungsdurchsuchungen auf der gegenüberliegenden Seite vor."

Am nächsten Tag lag der Gerichtsbeschluss des Richters vor. Beamte der Dienststelle München gingen von Tür zu Tür. Es wurde befragt, durchsucht und nach Spuren gesucht. Drei Wohnungen standen leer. So schien es, denn der Hauseigentümer sprach von zwei Wohnungen. In der dritten Wohnung hingen dunkle, verrauchte Gardienen. Es öffnete niemand. Die Beamten verschafften sich Zutritt. Nun wurde die kleine Wohnung von der Spurensicherung zerlegt.

In der Zwischenzeit wollten die Beamten den gestellten Täter befragen. Bisher hatte er die Aussage verweigert. Er wurde von einem Star-Anwalt vertreten.

Kriminalkommissar Burghardt fragte: „Ihr Name? Woher kommen sie? Handeln sie im Auftrag?" Keine Antwort. „Nun gut, wenn sie es sich anders überlegen sollten, wir kommen wieder. Wir können auch auf die harte Tour, auf die ganz harte. Merken Sie sich meinen Namen, Burkhardt. Hinten hart, mit dt."

Nach drei Tagen kamen die Beamten aus Dresden wieder in die Münchner Dienststelle. In der Zwischenzeit waren sie im Museum und wurden von Franz Kiermayr privat eingeladen. „Es sind vor fünf Minuten Neuigkeiten eingegangen. Es gab diverse Fingerabdrücke. Einer ist ganz brisant. Er wird Ivan L. zugeordnet. Wir haben schon lange ein Auge auf ihn geworfen. Ihm wird Erpressung und Anstiftung zum Mord nachgesagt. Auch mit der Mafia soll er zu tun haben. Nur können wir ihm nichts nachweisen.", sagte Franz Kiermayr. „Das ist doch was!", rief Burkhardt. „Na klar, wie in Dresden, Mafiamethoden.", sagte Holger Dreier. Sie besuchten nochmals den inhaftierten Täter. Burkhardt wollte hoch pokern: „So mein Freund, jetzt auf die harte Tour, nun wissen wir alles. Ihr Auftraggeber Ivan L. beschuldigt sie ganz allein verschiedene Morde durchgeführt zu haben, auch in Dresden. Das war es dann wohl. Sie werden angeklagt, es gibt kein Entgegenkommen vom Gericht." „Ist da was möglich wenn ich rede?", sprach der Verhaftete in gebrochenem Deutsch. „Möglich. Wenn es wichtig ist.", sagte Burkhardt eher abweisend. „Nein, ich habe niemanden ermordet. Ich war nur Fahrer, auch in Dresden, ich war der unter der Brücke … und auch woanders noch. Ivan L. ist Boss in München, er zieht die Fäden. Er plant alles. Nach Dresden hat er seinen Sohn geschickt. Der flog auf die Tochter von Wladimir… diese Schlampe Carola. Als Carola getötet wurde, rastete er aus und erschoss diesen Waffenhändler Tschupp. Dann kam es zum Streit zwischen Wladimir und ihm, er erschoss ihn auch. Ich will wieder Freiheit, ich will zurück in mein Land. Ich habe niemanden ermordet. Bitte helfen sie mir.", flehte der Verhaftete. „Und warum wurde Carola ermordet?", wollte Burkhardt noch wissen. „Sie wollte Zschupp zur Scheidung zwingen.", flüsterte Emil H. leise.

Ivan L, der Name ist bei der Kripo bekannt, darf aber aus sicherheitstechnischen Maßnahmen hier nicht im Buch ganz ausgeschrieben werden, wurde mit einem Großaufgebot der Polizei in seinem Haus verhaftet.

„Tja,", sagte Holger Dreier, „der Burghardt schnappt sich immer den Killer, ob herzlich oder hart. Ob in Dresden oder anderswo. Das ist eben unser Wolfgang E. Burkhardt!" „Danke Holger. Und das E tut nichts zur Sache. Nun freue ich mich auf eine große Portion Leberkäse.", flachste Kommissar Wolfgang E. Burkhardt, Erster Polizeihauptkommissar aus Dresden.

Da gibt es noch einen Tipp von Kommissar Wolfgang E. Burkhardt:

Denken Sie, liebe Leser, auch an Ihre wertvollen und sensiblen Daten!
Führen Sie ein Logbuch fürs Internet. Verstecken Sie dieses Logbuch gut.
Die Logbücher von SÜLTZ BÜCHER beinhalten auch Tipps für den
Digitalen Nachlass, auch Formulare für den Anwalt sind dabei.
Danke für Ihr Interesse.

Wolfgang E. Burkhardt

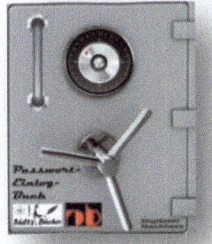 

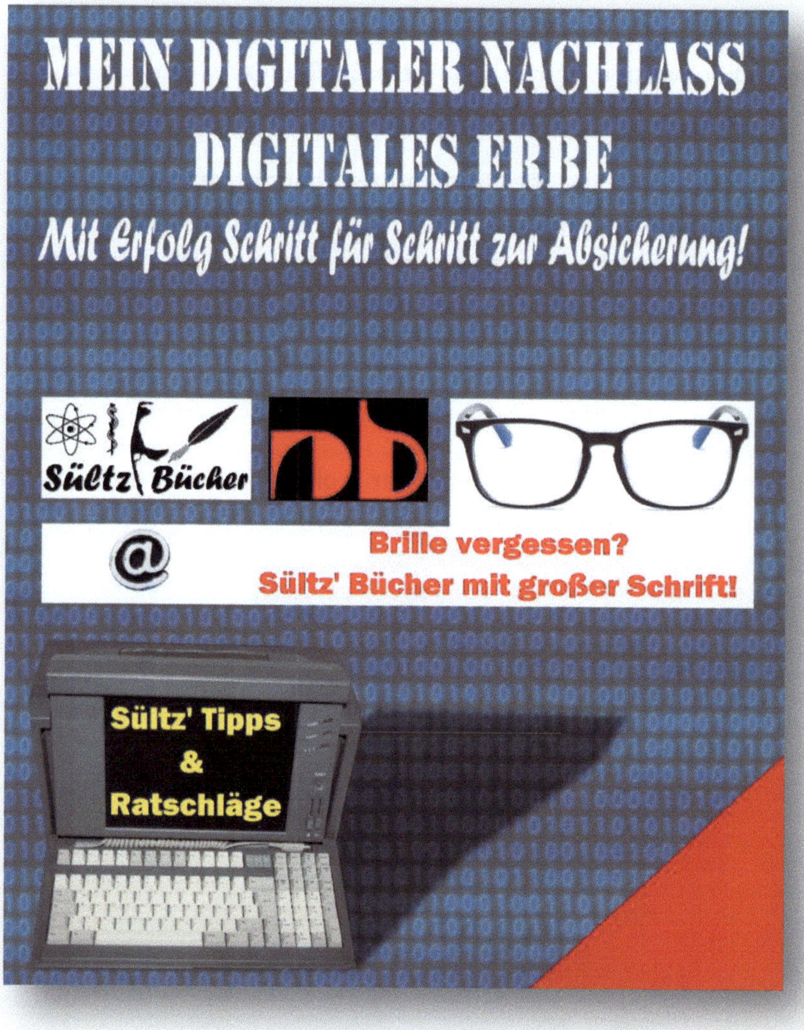

MEIN DIGITALER NACHLASS

DIGITALES ERBE

Mit Erfolg Schritt für Schritt zur Absicherung!

Brille vergessen?
Sültz' Bücher mit großer Schrift!

Sültz' Tipps
&
Ratschläge